KB072844

빠라끌리또
paráclito

빠라끌리또 4

가프 장편 소설

초판 1쇄 찍은 날 § 2016년 1월 28일
초판 1쇄 펴낸 날 § 2016년 2월 5일

지은이 § 가프
펴낸이 § 서경석

편집책임 § 한준만

펴낸곳 § 도서출판 청어람
등록번호 § 제387-1999-000006호
등록일자 § 1999. 5. 31
어람번호 § 제1-2343호

주소 § 경기도 부천시 원미구 부일로 483번길 40 서경B/D 3F (우) 14640
전화 § 032-656-4452 팩스 § 032-656-4453
http://www.chungeoram.com
E-mail § chungeorambook@daum.net

ISBN 979-11-04-90623-7 04810
ISBN 979-11-04-90549-0 (세트)

paráclito

빠라끌리또

④ 가프 장편 소설

paráclito

빠라끌리또

CONTENTS

1장

신차[神借]를 이루다

"그분이세요."

넋을 놓고 있을 때 민민의 소리가 들렸다. 소리를 따라 승우가 고개를 돌렸다.

"민민……."

"엄마죠?"

"응!"

"아저씨의 수호령을 보고 싶어 했죠?"

"응……."

"바로 그 모습이에요. 오늘은 조금 더 선명한 흰빛일 뿐."

"민민……."

승우가 두 팔을 벌렸다. 의미를 알아들은 민민이 나풀 날아들었다.

"나는 괜찮아요."

민민이 앞서 나갔다. 이 아이… 어쩌면 이리도 속이 깊을까?

하긴 민민과 뮤뮤…….

모질고도 모진 인고의 시간이었을 것이다. 약속 하나를 남기고 가버린 남자. 저 멀고도 먼 이역만리의 한국. 어린 모자가 할 수 있는 일은 기다리는 것뿐이었을 일.

"이제 알았어요."

승우의 감정이 치달을 때 민민이 그걸 식혀주었다.

"뭘?"

"술공을 연 아저씨가 왜 악령들을 제압할 수 없는지……."

"정말?"

"저 동심원 그림요……."

"이 부적?"

승우가 동심원 부적을 꺼내 들었다.

"아저씨 머리에도 그게 있어요."

"응?"

"아저씨 머리요. 정수리에 그것과 똑같은 기호가 있다고요."

"내 머리에?"

승우가 동심원 부적을 들었다.

느껴졌다.

뭔가 딱 일치하면서 팽팽해지는 느낌. 어둠에 비친 거울을 보니 과연 그랬다. 동심원 부적에서도 신령스러운 빛이, 머리 위 정수리에서도 그런 빛이……. 두 빛은 서로 짝인 듯 정수리 위에서 겹치고 있었다.

"그럼 이제 악령을 제압할 수 있다는 거니?"

승우가 물었다.

"접신해 보세요!"

민민이 말하자, 승우는 바로 술공을 열고 영기를 발산했다.

"악!"

영기를 본 민민이 두 눈을 가리며 물러섰다.

"왜 그래?"

"영기가 너무 난폭해요. 제멋대로잖아요?"

"잠깐만!"

그건 승우도 느끼고 있었다. 강해진 건 맞지만 아우성이 심했다. 승우는 침착하게 영기를 달랬다. 하지만 불가능했다. 길 잃은 바람처럼 멋대로 흩어지는 영기는 통제가 되지 않았다.

"후!"

맥이 탁 풀린 승우가 동심원 부적을 내려놓았다.

"영력은 올랐는데 말을 듣지 않아요."

"그렇지? 그럼 어쩌지?"

승우의 시선이 방울로 향했다.

신방울!

엄마의 손때가 묻은 것이었다. 어린 승우가 내다버리기도 했던 것이다. 어린 승우는 방울 소리가 싫었다.

방울이 울리면 엄마가 접신하는 것, 아니면 굿판을 벌이는 것. 둘 다 승우에게는 반감의 대상일 뿐이었다. 엄마의 눈이 뒤집히고 목소리가 변하기 때문이었다.

평소에는 다감하고 자애로운 엄마지만 접신을 하면 달라졌다. 눈에서 광채가 나오고 목으로는 걸쭉한 목소리를 쏟아냈다. 어떨 때는 미친년 소리도 냈고, 가녀린 아기의 목소리도 냈다.

승우는 그 모든 게 싫었다.

어느 날은 엄마 몰래 방울을 감췄다. 그래도 소용이 없었다. 어떻게 찾았는지 방울은 제자리에 있었다. 어수선하거나 손님이 온 날을 틈타 내다버려도 마찬가지였다.

엄마는 아무 말도 하지 않았지만 방울은 늘 엄마의 신단 위 그 자리에 있었다.

엄마는 말했었다.

그건 하늘이 내린 방울이라고.

신의 섭리를 대행하는 영매에게는 세 가지 천부인이 허용된다고 했다. 부채와 방울, 신경(神鏡)이 그것이었다. 그 셋을 가리켜 천부인이라고 했다. 천부인은 저 먼 단군 때부터 비롯된 것이라고 했다.

엄마가 얻은 건 방울이었다.

다른 누가 흔들어도 소리가 나지 않는다던 방울. 실제로 많은 사람들이 그랬다. 그러나 그건 거짓말이었다. 어린 승우가 건드리면 짤랑, 소리를 냈던 것이다.

그때 엄마는 설명하지 않았다. 그저 초점 없는 눈으로 승우를 바라보았을 뿐.

그런데… 지금은 소리가 나지 않았다.

'오래돼서 그런 걸까?'

방울은 구리로 된 것. 녹이 슬었나 싶어 조금 세게 흔들었다. 소리는 역시 나지 않았다.

동심원 부적과 신방울.

그냥 단순히 엄마의 유품일까?

그럴 수도 있었다.

"그렇지?"

승우는 담담하게 민민을 바라보았다. 엄마는 죽었다. 그때 승우는 무당을, 무속을 싫어했었다. 먼 미래인 오늘에 이르러 무속의 힘으로 악령을 다스리고 싶어 한 적도 없었다. 그러니 공연한 바람일 뿐이었다.

"아뇨!"

그런데 민민이 당차게 고개를 저었다.

"아니라고?"

"그 물건들은 신물이에요. 우리 할아버지가 남긴 샴펙나무 코끼리 상자들처럼요."

"그건 나도 알아. 이 부적은 엄마가 부적의 최고로 꼽던 것이고 이 방울도 신과의 교감을 나누던 매개체였으니까."

"아저씨, 코끼리를 꺼내주세요."

민민의 시선은 두 신물에 꽂혀 떨어지지 않았다.

"코끼리? 어떤 거?"

"아무거라도 괜찮아요."

승우는 민민이 자주 애용하는 까웅 킹을 꺼내놓았다.

그러자 굉장한 일이 벌어졌다. 동심원 부적이 코끼리를 위해 길을 내고 방울이 영매가 되어 스스로 울리기 시작한 것이다.

"이건 아저씨 엄마의 선물이에요. 제 할아버지가 아이라비타와 발루를 제게 주었듯이……."

"하지만……."

"아저씨가 악령을 제압할 힘을 원한다면… 저것들을 아저씨 것으로 만들든지 사용법을 알아야 해요."

"내 것?"

"나도 그랬는걸요. 코끼리를 다스리는 법을 따로 배웠다고
요."

"오케이!"

말귀를 알아들은 승우, 상자를 살피기 시작했다. 구석과 바
닥을 빠짐없이 들여다보았다. 혹시라도 다른 표시가 있을 수
있었기 때문이었다.

헛수고였다.

오동나무 상자에는 오랜 상흔밖에 없었다. 가만히 심호흡
을 한 승우, 결국 전화기를 집어 들고 말았다.

"이모, 저 승우입니다."

늦은 시간이었다. 하지만 시간이 문제가 아니었다.

―승우야!

다행히 이모는 승우의 전화를 반겼다.

"낮에 주신 상자 안에 부적 하나와 엄마가 쓰던 신방울이
들었어요. 혹시 이거 받으실 때 다른 말은 못 들으셨나요? 사
용법이라든가……."

―…….

갑자기 수화기 너머에서 가슴을 쥐어뜯는 슬픔의 소리가
건너왔다.

"이모?"

—잠깐만… 잠깐이면 돼…….

뜻밖에도 이모는 통곡을 참고 있는 모양이었다.

"이모……."

—미안. 이제는 괜찮아…….

전화기 속의 이모 목소리는 다시 차분하게 돌아오고 있었다.

—송 검사 엄마… 우리 언니지만 무섭다. 생전에도 용한 줄은 알았지만 이 정도인 줄을 몰랐어.

"이모……."

—방울 소리가 안 나지?

"어떻게 아셨어요?"

—그 인간이 그랬거든. 그 인간이… 윽윽!

다시 이모의 감정이 북받치고 있었다.

—언젠가 내게 그랬어. 네가 그 방울을 흔들었다고. 소리가 났다고…….

"……."

—소리가 나면 안 되는데 소리가 났다고…….

이모의 목은 끝 간 데 없이 잠겨 버렸다. 맨 처음, 놀란 표정을 하던 엄마의 얼굴이 승우의 뇌리 속에서 벼락처럼 번쩍거리고 있었다.

─그래서… 그래서 네 엄마가 무당을 그만둔 거야. 그걸 그만두면 신형(神刑)이 도진다는 걸 알면서도…….

신형…….

신밥을 먹는 무당들은 하나의 운명을 가지고 있다. 신밥을 먹다가 신의 허락도 없이 그만두면 신병(神病)이 오는 것. 그건 현대의학으로 어쩔 수 있는 일이 아니었다.

"왜… 죠?"

─몰라… 그냥 송 검사 때문이라고 했어. 언젠가 송 검사에게 신력이 필요한 날이 올 거라고. 알고 보니 방울의 주인은 송 검사인데, 언니가 그 신통력을 다 소진하면 송 검사가 신통력을 필요로 할 때 뜻을 펴지 못할 거라고…….

"……?"

─송 검사가 무당될 팔자냐고 물었더니 그건 아니라고 했어.

"……"

─그래서 송 검사가 수능을 앞두게 되었을 때 무당을 접은 거야. 그 모진 신벌을 감내하면서까지…….

"이모……"

─미안해. 언니는 말하지 말라고 했는데……. 그래도 이제 송 검사가 언니를 이해하는 것 같아서…….

"이모……"

―그 방울과 부적을 주면서 이런 말을 했었어. 방울이 울리면 다행인데 아닐 수도 있다고. 만약 방울이 안 울린다고 하면… 그 이유를 물어오거든 동심원 부적의 핵심에 방울을 올려놓으면 힌트를 얻을 수 있을 거라고…….

"그랬군요."

―미안해. 내가 너무 감정이 격했지?

"아뇨. 고맙습니다."

―송 검사…….

"……?"

―고마워. 언니를 이해해 줘서…….

"이모……."

―승우야!

"네?"

―내가 승우라고 불러도 기분 안 나쁘지?

"그럼요. 원래 그렇게 불렀잖아요?"

―그것도 고마워. 오랫동안 못 부른 이름이라 한 번 불러보고 싶었거든.

"쉬세요."

―그래. 승우도…….

전화가 끊겼다.

침묵은 길었다.

승우는 민민이 눈앞에서 하르르거리는 걸 보고서야 겨우 정신이 돌아왔다.

"아저씨, 울보?"

"응?"

"눈물 닦으세요."

민민이 티슈 위에서 날짱날짱 빛을 뿌렸다.

"고맙다."

"이제 알겠어요."

"뭘?"

승우는 팽 코를 풀며 물었다.

"우리 엄마가 왜 그토록 간절하게 아저씨를 불러들였는 지…… 왜 하필 아저씨에게 나를 붙여놓았는지."

"왜?"

"알고 보니 착하잖아요? 우리 엄마는 착한 사람을 좋아하거든요."

민민이 맑게 웃었다.

"나 하나도 안 착하다!"

머쓱해진 승우가 손가락으로 민민을 슬쩍 튕겨냈다. 그동안의 악행(?)을 생각하면 면전에서 듣기 민망한 말이었다.

승우는 동심원 부적을 오동나무 상자 위에 놓았다. 그런 다음 방울을 집어 들었다. 손이 살짝 떨렸다.

동심원 부적은 마치 살아 있는 선처럼 꿈틀거렸다. 엄마가 혼을 다해 쓴 게 틀림없었다. 그렇지 않고서는 이렇게 물결을 칠 수가 없었다.

동심원……

그 동그라미는 갇힌 게 아니었다. 무한하다. 그리하여 마침내 어떤 경계도 그을 수 없는 무량한 세계를 이루는 게 동심원이었다.

'꿀꺽!'

마른침을 넘기며 동심원의 중심을 보았다. 중심이 속도감 있게 시각을 차고 들어왔다. 승우는 딱 그 위에 신방울을 놓았다.

우웅!

약간의 간격을 두고 무지개가 일렁거리기 시작했다. 무지갯빛을 받은 방울이 짤랑 짧은 울림을 냈다.

'글자?'

순간 방울 표면에서 글자가 빛을 뿜었다. 승우는 그 글자를 놓치지 않았다. 글자 수는 모두 네 개였다.

살보주상.

'살보주상?'

마지막 글자까지 읽어내자 무지개는 사라졌다.

살보주상.

무슨 뜻일까?

일반적인 단어는 아니었다. 사자성어도 아니었다. 궁리를 해보니 몇 가지 의미가 나오긴 했다.

*살보—농기구 이름.
*주상(主喪)—죽은 사람의 제전(祭奠)을 맡아보는 사람.
*주상—왕을 달리 이르는 말.
*보주—여의주.

글자를 네 개로 잘라 파자까지 하면서 의미를 찾아보았다. 그래도 신물과는 거리가 있는 말들이었다. 기껏해야 보주 정도가 관련이 있어 보이지만 와 닿는 게 없었다.

보주—여의주.

승우는 신방울을 집어 들었다. 어찌 보면 여의주라고 할 수도 있었다. 하지만 방울을 어찌 여의주라고 할 것인가? 설령, 여의주라고 한들 어떤 해결책이 될 것인가?

"미치겠군."

짜증이 밀린 승우가 테이블을 휘저었다. 그러자 네 개로 나뉘진 글자가 멋대로 흘러내렸다.

"……?"

발밑에 흩어진 글자를 본 승우의 눈이 휘둥그레졌다. 떨어진 종이들이 뒤섞이며 생각지도 못한 글자를 만들고 있었다.

상주보살!

이제 보니 오른쪽에서 왼쪽으로 쓴 글자였다.

승우의 기억이 지검 앞에서 멈췄다.

상주보살…….

그녀였다. 길태곤 사건의 피해자 중 한 사람. 그 사람이 데려왔던 퇴역 직전의 퇴물 무당. 범인이 창고에 있다는 말과 함께 승우 손목의 민민을 알아봤던 바로 그 무당.

'오 마이 갓!'

쭈뼛!

승우의 머리카락이 칼 각을 세우며 일어섰다. 폭풍처럼 일어섰다.

*   *   *

비가 내렸다.

새벽부터 내린 비는 조금도 그칠 줄을 몰랐다. 일찌감치 도로에 올라선 승우는 휴게소에서 전화를 걸었다. 받은 사람은 차도형이었다.

"신혼이 왜 이렇게 일찍 나왔어? 벌써 권태기?"

—에이, 왜 그러십니까? 결혼이 뭐 별거라고……."

"나 오늘 연가 좀 달아줘."

—왜요? 술 안 깼습니까?

"아니. 그냥……."

—그럼 몸이 불편하신 거?

"좀 알아볼 게 있어서 그래. 지난 번 사건 피살자 보호자 연락처 하나 쏴주고……."

—검사님, 중요한 거 아니면 저한테 시키셔도…….

"아니야. 머리도 식힐 겸 겸사겸사……."

—알겠습니다.

차도형은 바로 연락처를 보내왔다. 주소를 보니 승우의 기억이 맞았다. 다른 건 몰라도 남해는 기억하고 있었다. 그걸 믿고 고속도로에 올라선 승우였다.

또 한 번의 전화를 걸었다.

"아, 그렇군요."

보호자는 승우를 잊지 않고 있었다. 상주보살의 거처를 물으니 바로 대답이 왔다. 거처는 단양이었다. 상주가 아닌 게 다행이었다. 단양이 더 가깝기 때문이었다.

승우는 또 한 번의 전화를 걸었다. 이번에야 비로소 상주보살과 닿을 기회였다.

신호가 갔다.

빗소리가 더 컸다.

전화를 받지 않았다.

'워낙 호호 할머니니 전화에는 별 신경을 안 쓸 수도…….'

일단 방문하겠다는 문자를 남겼다. 그런 다음 카페모카 한 잔을 샀다.

쏴아아!

비가 안개를 춤추게 하고 있었다. 아니, 안개가 비를 춤추게 하는 건지도 몰랐다.

"민민……."

차로 돌아와 운전석에 앉은 채 민민을 불렀다.

"네……."

민민이 하르르 깨어났다. 비가 오니 창밖이 어두웠고 덕분에 민민이 제법 선명하게 보였다.

"비 오는 거 보이니?"

"그럼요."

"미얀마에도 비 오지? 우기가 있는 거 같던데?"

"미얀마는 세 계절 코리아는 네 계절……."

"미얀마가 세 계절이라고?"

"여름, 우기, 그리고 겨울……."

겨울?

커피를 빨던 승우가 고개를 돌렸다.

"미얀마에도 겨울 있어요. 눈도 오는걸요."

눈이 온단다.

동남아… 늘 따갑도록 후덥지근한 그 동남아에?

"진짜냐?"

하고 물으려다 그만두었다. 다른 사람이 그랬다면 우격다짐을 넣었을지도 모른다. 하지만 민민이다. 민민이 거짓말을 할리 없었다.

"출발한다."

커피 바닥을 비워낸 승우가 핸들을 잡았다. 민민은 나른해지더니 다시 승우의 손목으로 돌아갔다.

상주보살…….

승우는 그녀의 늙은 주름이 아직도 생생했다. 그리고 그녀가 틀렸던 55세……. 아마 그녀가 길태곤의 나이까지 맞췄더라면 그대로 보내지 않았을지도 모를 일이었다.

'그래도 대단하긴 해. 어쩌면 민민을 진짜 본 걸지도…….'

승우는 고개를 끄덕이며 속도를 높였다.

상주보살의 집은 낡을 대로 낡은 구식 주택이었다. 폐쇄된 광산을 등진 집 앞에는 어떤 표식도 없었다. 그녀가 더 이상 공식적인 무속인은 아니라는 의미였다.

"목욕 가셨는데요?"

노크를 한 승우를 맞이한 건 중년의 아줌마 청풍댁이었다.

딸인지, 아니면 시중을 드는 사람인지 분간이 되지 않았다. 빗방울이 떨어지는 마당은 휑하니 넓어보였다.

기다리는 수밖에 없었다.

한 시간이 지나고, 두 시간… 세 시간이 지났다. 남자라면 목욕을 다섯 번은 하고도 남았을 시간이었다. 그래도 보살은 나타나지 않았다. 여자들은 대체 뭐 그리 닦을 게 많을까?

째각째각!

초침을 부수다 보니 경찰과 수사관들의 잠복근무가 이해되었다. 그들의 기다림은 기약이 없다. 나타날 수도 있고 아닐 수도 있는 용의자나 범인, 기소중지자. 그런 그들을 기다리며 삼시 세끼를 차에서 해결한다는 건 쉬운 일이 아니었다.

쪼르륵!

점심때가 되면서 배가 고파왔다. 시계를 보니 네 시간이 지난 후였다. 그래도 비는 그쳤다. 잠시 차에서 내려 몸이라도 풀까 싶을 때 봉고차가 다가왔다.

문이 열리며 발이 내렸다. 소녀의 발이었다. 민민 또래쯤 될까? 하얀 한복풍 옷을 갖춰 입은 당찬 소녀가 상주보살에 앞서 내렸다. 희미하게 피어나는 습기 속에서 소녀의 옷이 눈부시게 부각되었다.

"안녕하세요?"

승우, 잠시 간격을 두고 따라 내려 인사를 올렸다. 소녀는 어디론가 사라지고 없었다.

"누구요?"

상주보살이 묻자,

"서울 검찰청에 근무하는 분이래요."

아까 보았던 청풍댁이 승우를 대신해 대답했다.

"살인 사건 검사님?"

상주보살은 승우를 기억하고 있었다.

"예, 좀 여쭤볼 게 있어서……. 잠깐 시간 좀 내주시겠습니까?"

묵례와 함께 승우가 말했다.

"이제 무당 안 해."

보살은 그 말을 남기고 마루로 올라갔다. 돌아보니 청풍댁이 어깨를 으쓱해 보였다. 승우는 보살을 따라 마루 앞으로 다가섰다.

"무당 안 한다니까."

서까래에 등을 기댄 보살이 손사래를 쳤다. 헐렁하게 무너진 인중과 입술 주변의 굵은 주름들… 그녀에게 쌓인 세월이 무겁게 보였다.

"점이나 굿은 아니고요 그냥 좀 여쭤볼 게 있어서……."

"뭐? 보아하니 범인도 잡았구만. 창고, 55세……."

"55세는 아니고 40대입니다."

승우가 나이를 정정해 주었다. 그리고 고개를 드는 사이,

깡!

바람을 가르고 볼을 스친 요강 뚜껑이 벽을 때리며 떨어졌다. 보살이 날린 것이다.

"55세여 이놈아. 누굴 속이려고……."

얌전하던 보살의 눈에 불이 켜졌다. 나이를 먹었지만 신기(神氣)는 늙지 않은 모양이었다.

"이놈아, 범인이 잡혔는데 나이도 몰라?"

"할머, 보살님……."

"어이구, 이런 눈뜬 봉사들이 순사요 검사요 하고 있으니 어찌 가슴 아픈 사람들이 없을까? 밥상을 차려줘도 엎어대는 놈들 같으니……."

눈 뜬 봉사?

그 말을 생각하자 짚이는 곳이 생겼다. 길태곤은 분명 40대가 맞았다. 하지만 상주보살을 데려온 보호자의 딸은 악령에 의해 희생당한 사람. 그렇다면 길태곤이 아니라 악령의 나이를 의미할 수도 있었다.

'맙소사!'

악령의 나이를 짚어가던 승우, 파랗게 질리며 벌린 입을 다물지 못했다. 그의 나이 57세. 그러나 아직 생일이 지나지 않은 나이. 그러니 무속에서 말하는 음력 나이로 환산하면 딱

55세였던 것이다.

오 마이 갓.

딱 그 말이 필요한 순간이었다. 승우는 온몸을 베고 가는
전율에 휘청거렸다.

"그놈, 이제야 사람 말을 믿는 모양일세."

"보살님……."

"됐으니까 썩 꺼져 이놈아, 네놈 손목에 이상한 신기(神氣)
가 있어서 영 꺼림칙해."

보살이 손을 내저었다.

"이게 진짜 보이십니까?"

승우가 손목을 내밀었다.

"어여 꺼지라는데도 이놈이!"

보살이 요강을 집어 들었다. 그러자 안에 조금 남아 있던
내용물이 주르륵 그녀의 치마를 적셨다. 그녀는 그걸 승우에
게 던져 버렸다. 승우 역시 가슴팍에 오물이 튀고 말았다.

"가, 가란 말여!"

보살의 역정은 가라앉지 않았다. 소란을 들은 청풍댁이 달
려왔지만 그녀는 그저 무표정한 얼굴로 바라볼 뿐이었다.

"실은……."

승우는 품에서 동심원 부적을 꺼내놓았다.

"……!"

그걸 본 보살의 기세가 흔들리는 게 보였다. 부적을 알아보는 게 틀림없었다.

"너 이거 어디서 난 거여?"

보살이 날선 눈빛으로 승우를 닦아세웠다.

"제 어머니가 쓰신 겁니다."

"어머니?"

"예!"

"에라, 이놈아. 그년이 죽은 지가 언제인데? 죽은 년이 부적을 썼단 말이냐?"

노기가 뻗친 보살은 벽 쪽에 걸린 마른 옥수수 꾸러미를 내던졌다.

"강, 초 자, 희 자. 제 어머니 맞습니다."

승우는 담담하게 응수했다.

"……!"

보살의 눈이 정지 화면처럼 멈췄다.

"제 어머니를 아십니까?"

"……?"

"어머니께서 이걸 남겨주시고 보살님을 찾아가라는 유언을 남기셨다기에 찾아왔습니다."

담담한 승우를 보던 보살, 바닥에 놓인 부적을 홱 집어 들었다. 손… 그녀의 손이 떨고 있었다. 그 떨림은 금세 온몸으로 퍼졌다.

하지만!

"그럴 리가 없어."

보살은 고개를 저으며 동심원 부적을 내려놓았다.

"그럼 이걸 보시죠. 이 방울에 상주보살이라는 글귀가 숨어 있습니다만……."

승우가 보태놓은 건 신방울이었다. 흰 천에 쌓인 방울이 모습을 드러냈다. 보살은… 움직이지 않았다. 아니, 움직이지 못했다. 고집스럽게 방울에 고정된 시선. 그 눈동자만이 사시나무처럼 떨고 있었다.

"그년이……."

이윽고 느린 한마디가 늙은 입술을 밀고 새어 나왔다.

"알고 계시는군요?"

"그년이 이 방울을 네게 줬단 말이지?"

"예……."

"그렇다면 네놈이 이 방울을 흔들 수 있다는 거냐?"

"……."

보살이 방울을 집어 들었다.

소리가 나지 않았다.

그걸 승우에게 던져 주었다.

툭!

바닥에 떨어져도 역시 소리가 나지 않았다.

"흔들어 보거라."

보살의 눈은 붉게 변해 있었다. 그 안에 불덩이가 훨훨 타고 있었다.

승우는 천천히 방울을 집었다.

짤랑!

승우는 방울 소리를 기억하고 있었다. 그게 소리가 안 난다고는 한 번도 생각하지 않았다. 그도 그럴 것이 승우가 손을 대면 언제고 짤랑짤랑 인사를 했기 때문이었다.

'꿀꺽!'

침이 목구멍을 흔들며 넘어갔다. 방울을 흔들어 보라고 주문하는 상주보살. 척 봐도 테스트였다.

잔뜩 긴장한 승우, 허공에 방울을 슬쩍 휘저었다.

소리가 나지 않았다.

보살의 눈빛은 칼날보다 날카롭게 방울에 꽂혀 있었다.

한 번 더 흔들었다.

소리가 나지 않았다.

"됐다. 헛소리에 속은 내가 바보지. 가지고 가거라."

"보살님……."

허공에서 방울을 멈춘 승우, 방울을 내려놓으려는데…….

짤랑!

그제야 방울이 울었다.

"……!"

보살이 벼락처럼 고개를 들었다. 소리에 놀란 승우가 방울을 한 번 더 흔들었다.

짤랑짤랑짜알랑!

그때부터는 방울 세상이었다. 마치 꼭지 틀어놓은 수도관처럼 쉴 새 없이 소리가 쏟아져 나왔다. 놀란 보살이 벌떡 일어섰다. 그녀는… 방울 소리를 따라 신무를 추기 시작했다.

"아이고, 신장님이시어!"

뒤에 있던 청풍댁까지 합장을 하고 꿇었다. 보살의 춤은 계속 이어졌다. 한바탕 굿거리라도 하는 듯… 오랫동안 잊었던 무속신이라도 접신한 듯…….

늙은 나비가 움직인다. 움직임 속에서 나비는 젊어갔다. 손사위가 빨라졌다. 돌아서는 발놀림도 가뜬하다. 조금 전 보이던 늙은 꼬부랑 할머니는 어디로 갔을까? 신바람에 물든 보살의 춤에는 할머니가 없었다.

그러다 할머니는 제풀에 주저앉았다. 청풍댁에 달려들지만 손사래로 밀어냈다.

"네가 초희의 아들이라고?"

보살이 땀을 닦으며 물었다. 맥이 다 풀린 표정이었다.

"예……."

"이걸 초희가 남겼다고?"

보살은 동심원 부적과 방울을 만지작거렸다.

"예."

상주보살은 알고 보니 승우 엄마의 신어머니이자 신방울의 원래 주인이었다. 그녀는 승우 엄마를 무속의 세계로 인도했다. 그러나 신딸 강초희가 몸주로 모시는 신의 격이 너무 높았다. 따라서 그 공수가 너무 영험했기에 먼 곳으로 떠나보냈다.

결정적인 게 바로 방울이었다. 신방울은 상주보살이 그 신어머니에게 물려받은 것. 그 방울을 울려야 몸주의 신격이 높아질 터인데 보살은 안타깝게도 방울을 울리지 못했다.

'그냥 전설일 거야.'

흔들어도 대답 없는 벙어리 방울. 보살은 자기 합리화로 방울을 무시했다. 그러다 강초희를 신딸로 삼으며 별생각 없이 내민 방울……

흔들어봐.

짤랑!

초희가 방울을 흔들자 신음(神音)이 나왔다. 상주보살의 무력(巫力)으로는 넘보지 못하던 온갖 무신들을 불러온 것이다. 그중에서도 태을신장이었다. 그중에서도 천존신장이었다. 두 신장 중의 하나만 받들어도 부러울 게 없건만 강초희는 두 신장을 다 제 몸처럼 받아들여 버렸다.

그러다 돌연 무속인의 길을 접었다는 말을 들은 신어머니 상주보살. 그녀가 서울로 달려갔을 때 초희는 이미 흙 속에 누워 있었다. 그렇기에 보살과 승우는 일면식이 없는 상태였다.

그런데······.

십여 년도 더 지난 지금, 그 아들이 찾아왔다. 더구나 그녀가 물려주었던 신방울을 가지고··· 더구나 그 신방울을 제멋대로 울리는 능력까지 받아가지고······.

"그년, 속 깊고 지독한 년······. 제 아들을 위해 제 무속 영력을 모두 태워 여기다 담아두고 갔구나."

승우의 설명을 들은 보살은 또 한 번 진저리를 쳤다. 그녀의 눈은 동심원 부적에 꽂혀 있었다. 떨어지지를 않았다.

"죄송하지만 설명을 좀 들을 수 있을까요?"

경청하던 승우가 조심스레 물었다.

"한마디로······."

부적을 보며 고개를 젓던 보살, 한숨과 함께 뒷말을 이었다.

"숙명이지."

'숙명?'

"한 번 더 흔들어 보거라."

보살이 신방울을 던져 놓았다.

툭!

역시 소리가 나지 않았다.

승우가 그걸 집어 허공을 휘저었다.

짤랑짜알랑!

짜—알—랑!

깊고도 그윽한 소리가 아련하게 마루를 울렸다.

"규리야!"

보살이 안방 저편을 보며 이름 하나를 불렀다. 그러자 한지를 바른 문이 열리며 아까 그 소녀가 걸어 나왔다.

"흔들어 보거라."

보살, 이번에는 방울을 소녀에게 건넸다. 소녀가 흔들었지만 소리가 나지 않았다.

"역시……."

보살은 고개를 끄덕였다. 복잡한 의미가 담긴 고갯짓이었다.

"애기선녀라고 내 마지막 신딸이라네. 거기 앉거라."

소녀를 소개한 보살이 소녀에게 지시를 내렸다. 소녀는 하얀 바지를 나풋 접으며 그림처럼 앉았다.

"여긴 저번 신딸인 강초희의 아들이란다. 강초희 알지?"

이번에는 승우를 소개하는 보살.

"그럼요, 귀에 못이 박힌걸요."

소녀가 당차게 대답했다.

"신방울을 울리고 무불통신(無不通神)까지 했다니 과연 강초희의 핏줄이 아니더냐?"

무불통신!

신부모에게 신내림을 받지 않고 접신하여 신의 말을 대행하는 사람을 가리키는 말……. 그 말을 들은 규리가 고개를 숙여 보였다. 볼수록 야무진 아이였다.

"보아하니 설명이 필요한 게 아니라 절반쯤 막힌 네 접신능력을 뚫어주는 일이 필요한 것. 그렇기에 초희가 늙은 나에게 너를 보냈음이라."

어린 신딸과, 죽은 신딸의 혈육을 앞에 둔 보살. 목소리에 힘이 들어가고 있었다.

"그러나 나는 늙어 더 이상 술공을 열 능력이 없는 사람……."

그 말에 승우의 가슴이 철렁 내려앉았다.

술공을 열지 못한다? 그렇다면 접신할 능력이 없는 사람. 그렇다면 승우가 바라는, 민민에게 힘이 될 방법은 찾을 수 없다는 뜻이기도 했다.

가슴이 눌려지나 싶을 때 보살이 소녀를 바라보며 또렷이 말했다.

"내 대신 네가 도와줘야겠다."

"……?"

승우의 시선이 소녀에게 날아갔다. 당차 보이는 소녀. 그러나 이제 고작 여섯 살 정도에 불과한 꼬마.

이 꼬마가 뭘?

당혹스러운 승우와는 달리 소녀, 양 볼이 터져라 생글생글 웃고 있었다. 그러다 승우를 향해 낭랑한 한 마디를 토해냈다.

"얘!"

얘?

집중하던 승우의 미간이 확 찌그러졌다.

"얘, 너 이리 와봐."

점입가경이다. 소녀가 승우를 향해 손을 까닥거렸다. 승우는 어쩔 줄을 몰랐다. 이제 겨우 대여섯 살 소녀. 일부 무당들이 찾아온 사람들에게 반말에 욕지거리를 하는 건 들어봤지만 꼬마가 반말이라니?

"얘, 내 말 안 들리니?"

소녀가 눈매에 힘을 주었다.

"나?"

승우, 별수 없이 손가락으로 자신을 가리키며 되물었다.

"부끄러워하기는… 와보라니까."

그렇거나 말거나 손가락을 까닥거리는 규리. 당혹스러운 승우가 보살을 돌아보지만 보살은 딴전을 부리고 있었다.

"애, 숨어도 소용없어. 다 보이거든."

소녀, 소리 없이 일어서더니 승우의 손목을 잡아챘다.

'민민?'

그제야 소녀의 시선이 손목에 꽂힌 걸 알았다. 소녀의 눈에도 민민이 보이는 모양이었다.

"너, 우리 민민이 보이니?"

"당연하죠? 얘 몇 살이에요?"

손목을 들여다보며 방그레 웃는 규리. 놀란 승우가 보살을 보자 놀라운 일도 아니라는 듯 그녀도 웃었다.

"불 꺼줄까? 환해서 싫어?"

규리는 허리를 굽히고 묻더니 점잖게 걸어가 알전구 등을 꺼버렸다.

"이제 됐지? 나와 봐!"

이쯤 되니 승우도 모른 척할 수 없었다.

"민민……."

승우가 부르자 민민, 긴장한 건지 밍글라바 명랑한 인사도 없이 모습을 드러냈다.

"귀엽다아!"

규리는 민민의 손을 잡았다. 놀랍지도 않은 모양이었다.

"얘, 우리 민민은······."

"쉬잇, 말 안 해도 다 알거든요."

규리의 손가락이 승우의 입을 막았다.

"밍글라바······."

그제야 민민의 인사가 나왔다.

"밍글라바?"

소녀가 따라 했다.

"미얀마 인사말이야."

민민이 하르르 웃었다.

"규리 또래구만··· 가엾은 놈······."

먼 산을 보던 보살이 혀를 찼다. 그녀도 민민을 느끼고 있
는 게 분명했다.

"그러게요. 얘··· 제가 천도해도 안 될 영기예요."

규리가 승우를 바라보았다. 승우는 어깨를 으쓱해 보였다.

"아 아저씨, 이상해··· 영기에게 영가(靈家)를 제공하는 건
아무나 하는 거 아닌데······."

규리가 콧등을 실룩이며 중얼거렸다.

"규리는 내 분신이야. 초희 년은 너무 뛰어나서 신내림 때
내 실력을 발휘하지 못했는데 저년은 딱 맞춤이라 내 진기를
쏙 빼먹었지. 망할 년 같으니······."

보살이 혀를 찼다.

"엄마는……."

규리가 귀엽게 눈을 흘겼다. 그럴 때는 영락없이 민민과 같았다. 영령이라느니 신딸이라느니 하는 말이 전혀 어울리지 않는 천진한 아이들…….

"내 늙어서 더 이상 신딸은 안 삼으려고 했는데 저 어린년이 국사당 무신도(巫神圖)까지 단박에 맞춰 버리니 어쩌겠어? 수십 년 신밥을 먹은 사람들도 그거 정확하게 분별하는 사람 드물거든. 게다가 무신도는 처음 본다는 년이 말이야……."

보살은 또 혀를 찼다.

국사당에는 채색된 무신도가 있다. 민속자료 17호로 지정된 자료들이다. 거기 보면 정면 벽에 9장, 좌우에 각 3장씩 무신도가 걸려 있다.

규리가 그걸 초면에 맞췄다는 것. 그녀 역시 신내림을 받은 운명인 것은 확실했다.

"저년도 초희 년처럼 하나를 알려주면 열을 아네. 나도 모르는 원광술(圓光術)을 받질 않나 제수굿을 한 번만에 깨우치질 않나……."

"원광술이라면?"

승우가 물었다. 그건 승우도 잘 모르는 용어였다.

"접신을 했는데 태을신장을 품었다고?"

보살이 대화의 방향을 틀었다.

"예……."

"천존신장도?"

"예……."

"그런데 신장들이 손가락이 없었다?"

"예……."

"망할 놈… 뚜껑을 안 막고 달려들었으니 진기가 빠져나갈 수밖에……."

"예?"

"규리야, 이놈 몸뚱이에서 부적 좀 찾아봐라. 보나마나 제 에미가 어딘가 부적을 심어놨을 것이다."

"네, 어머니!"

규리, 민민의 빛을 안고 고개를 까닥이더니 언제 그랬냐는 듯 승우에게 다가왔다.

"왜?"

승우가 주춤 물러섰다.

"벗으세요."

"뭘?"

"안 잡아먹거든요. 그러니까 양말하고 옷하고 벗으라고요."

"여, 여기서?"

"그럼 어디서 벗어요?"

"홀딱?"

"아저씨!"

규리가 버럭 소리를 질렀다.

"왜? 왜?"

자신도 모르게 규리 앞에서 쩔쩔매고 있는 모습을 발견한 승우. 그게 우스워 피식 미소가 터지고 말았다.

"지금 제가 어리다고 무시하는 거예요?"

"아, 아니⋯⋯."

"그리고 창피하게 옷을 왜 다 벗어요? 양말하고 윗도리만 벗으라고요."

규리의 목소리에는 절도가 있었다. 승우는 찍소리도 못 하고 시키는 대로 따랐다. 아이와 어른이 완전히 역전된 신세였다.

"여긴 아니에요."

규리가 발가락과 손가락, 배꼽을 확인하더니 당차게 고개를 저었다.

"그럼 정수리네."

지켜보던 보살이 말했다.

"정수리요?"

승우가 고개를 들었다.

"살면서 정수리가 많이 간지러웠지? 아마 술공을 연 후로는 더 했을 테고?"

"맞아요. 정수리에 뭔가가 꽂혀 있는 기분이에요. 송곳 같은 걸로 뚫으면 시원할 것 같은……."

"도통은 타고나고 육통이 열렸으나 신통이 서지 못했으니 집 꼴이 제대로 일리가 없지. 이놈 막힌 정수리를 뚫어서 신통을 좀 열어 주거라. 태을신장과 천존신장이 대들보에 깔려 손가락이 낀 모양이다."

"네?"

"어서 준비해, 이년아! 네 신언니 피붙이야. 그년이 얼마나 지독한 줄 보면 몰라? 이거 안 해주면 우리 다 무사하지 못해."

—우리 다 무사하지 못해.

보살의 말은 농담처럼 들리지 않았다.

"아홉, 난 쟤랑 놀고 싶은데……."

규리는 아이답게 선하품을 하며 심드렁하게 대꾸했다.

자시로 시간이 정해졌다.

부적이 필요한 모양이었다. 소녀는 방금 목욕탕에 다녀왔음에도 마당 구석에 세워진 간이 목욕실에서 몸을 씻었다. 그 안에서 작은 샘물이 솟고 있었다.

그런 다음 안방에 차려진 신단에 경배를 하고 경면주사를 꺼내왔다.

진짜였다.

경면주사는 고가에 속한다. 때로는 금값보다도 비싼 게 그 것이었다. 새하얀 새 한복으로 갈아입은 소녀는 단아하게 앉아 경면주사를 용뇌가루와 참기름을 더해 개었다. 동작 하나 하나가 서예가가 붓글씨를 쓰는 것 같았다. 보고 또 봐도 야무지기 그지없는 몸짓이었다.

민민은 그 몸짓에 홀린 모양이다. 얌전히 턱을 괴고 옆에 앉아 지켜보고 있었다.

"부적은 합(合)이오 신(信)이라. 차신과 피신은 합치고 기와 기가 한 몸이 될 것이라. 내가 작(作)하면 너는 응(應)하라. 밝고 밝은 양강의 기운으로 꾸짖노니 해는 동방에서 떠오른다. 내 이 부적을 통해 명하거니와 세상을 어지럽히는 요괴를 멸하려는 뜻을 받들라. 원광술로 하여 악귀들의 자취를 더듬게 하고 금강으로 하여금 사악한 살인귀들을 굴복시킬지니 이 뜻이 송승우의 영기에 함께 하도다. 급급여율령(急急如律令), 급급여율령."

규리는 진지한 주문을 곁들였다. 그러면서도 손길 하나 허투르지 않았다. 그 집중된 모습에서 승우는 엄마를 만났다. 소녀의 노래를 따라 엄마의 노래도 들려왔다.

"부적이란 신, 귀를 연결하는 신호. 신묘한 글자에 별자리 등을 그리면 부(符)요, 도가의 비문을 적으면 적(籍)이라. 하늘에도 통하고 땅에도 달하니 악귀를 제압하고 사기를 추방하니 그 영험함이 신묘에 달함이라⋯⋯."

엄마와 소녀의 상이 가볍게 겹칠 때 준비가 끝났다. 시간 또한 자시를 살짝 넘고 있었다.

자시는 일반적으로 부적을 쓰기에 좋은 시간. 경신일만큼은 아니었지만 음기가 강해지니 부적의 효험도 높아지는 시간이었다.

보살이 지시에 따라 승우도 목욕재계를 끝냈다. 민민도 승우를 따라 씻었다. 영령들에게 목욕이 무슨 소용이 있는지는 모르겠지만 같이 하려는 의도가 고맙기만 했다.

"아플지도 몰라요. 태을신장의 신차(神借)를 받는 건 장난이 아니니까요."

신단 앞에서 규리가 말했다.

신차!

신의 능력을 빌리는 것이다.

"참을게."

"내 말은⋯ 그 정도가 아니라는 뜻이에요."

"죽을 정도다?"

"저하고 어머니가 있으니 죽지는 않겠지만 신장과 아저씨가 신인일체(神人一體)를 이루지 못하면 바보가 될 수는 있어요."

"⋯⋯!"

신인일체는 승우도 알고 있었다. 엄마는 작두를 탈 때 작두 신장과 일체를 이루었다. 종이를 떨구면 성둥 잘릴 정도로 서슬 푸른 날을 세운 작두. 신장이 실리지 않으면 발이 난도질을 당할 건 정해진 일이었다. 그렇기에 여간한 신통력을 지닌 무당도 작두를 타지 못하는 경우가 많았다.

'으음……'

정수리의 동심원 부적, 그 뚜껑을 여는 일도 쉬운 일은 아닌 거 같았다.

"너무 위험하면 하지 마세요."

민민은 걱정이 되는 눈치였다. 승우는 찡긋 윙크를 날려 민민을 안심시켰다.

"시작하자."

승우가 규리에게 말했다.

시작이 반!

승우는 그 말을 생각했다. 이 일은 이미 시작된 일이었다. 더구나 지난번에는 목숨을 잃는 각오까지도 했던 판. 무속의 강을 반이나 지난 지금에 되돌아갈 수는 없었다.

무엇보다 민민…….

이강순 때도 그랬지만 정화조 사건 때도 그랬다. 앞으로 만날 사건이나 일상에 악령이 개입된 일이 없을 수도 있지만, 만약 있다면?

어린 민민에게 매번 힘겨운 짐을 지우기는 싫었다.

"좋아요. 남자가 그 정도는 되어야지."

화답하는 규리의 말이 사뭇 어른스럽게 들렸다.

"그럼 시작합니다!"

말과 함께 규리가 동심원 부적을 승우의 정수리, 즉 인체 동심원 부적 위에 겹쳐 놓았다. 그런 다음, 그녀가 쓴 부적 하나를 그 위에 올렸다.

후끈!

잠시 고요하던 감각에 벼락같은 불이 붙었다. 승우의 몸은 머리부터 붉게 물들기 시작했다. 불덩이는 가슴을 지나 배꼽까지 단숨에 흘러 내려갔다.

아아!

비명도 나오지 않았다. 타는 것이다. 의식이 타고 감각이 타고 있었다.

"태을신장이시어, 천존신장이시어. 막힌 길을 뚫어드리니 동심원이 이끄는 길을 따라 강림하소서. 원광술과 금강이 함께하소서!"

규리의 손에서 부적이 한 장 더 보태졌다. 이제 승우의 머리에서는 쉴 새 없이 연기가 밀려나왔다. 이어 눈으로, 코로, 입으로…… 인체의 모든 구멍을 따라 연기가 새어 나왔다.

'아저씨……'

구석에 비켜선 민민은 파르르 떨었다. 미얀마에서 보던 것과는 달랐다. 희고 검은 코끼리를 삼킬 때와도 또 달랐던 것이다.

'민민……'

벌건 불덩이가 된 승우도 걱정하는 민민을 발견했다. 어린 새처럼 떠는 모습도 보았다. 승우는 알고 있었다. 승우가 사라지면 하늘로 갈 수 없는 민민. 한낮 떠돌이 악령이 되어 떠돌다 사라질 민민.

하지만 지금 민민의 눈빛은 그걸 걱정하는 게 아니었다. 민민 자신보다 승우를 염려하는 착한 마음이었다.

'민민……'

승우, 하얀 연기를 밀어내며 맹세를 했다.

'나는 죽지 않아. 네 영혼을 구제해 하늘로 보내는 그날까지!'

후웁!

뼛속까지 전해오는 화기에 승우는 맞섰다. 그래 해보자. 한번 붙어보자고.

'붙어보자고!'

아련한 외침 속에서 출렁 오색 무지개가 떠올랐다. 그러자 승우의 정수리와 가슴 두 곳으로부터 화기가 사라지기 시작했다. 그리고… 무지개 너머에서 태을신장과 천존신장이 나타났다. 처음과는 달리 두 신장은 둥근 원을 타고 있었다.

'손가락……'

흐릿한 의식 속에서도 승우는 집중했다. 이번에는 보였다. 신장들의 손가락은 제자리에 붙어 있었다. 둘은 무지개를 닮은 미소로 흰 폭광이 되어 승우에게 녹아들었다.

"우어억!"

"아저씨!"

비명과 함께 승우가 뒤틀렸다. 허옇게 뒤집히는 승우의 눈에 민민이 다가오는 게 보였다. 그리고… 그 후에는 아무것도 보이지 않았다.

"워어이!"

소리가 들렸다.

나른했다.

나른한 시야를 밀고 뭔가가 다가왔다. 빛이 내리자 그 뭔가가 드러났다. 새파랗게 날이 선 쌍작두였다. 작두 앞에 엄마가 있었다. 청홍의 장군복을 입고 있었다.

한바탕 칼춤을 춘 엄마, 칼을 놓고 작두를 잡았다. 하얀 옷을 입은 여자 둘이 버선을 벗겨냈다. 이어 정갈한 샘물로 발을 씻어주었다. 엄마는 입에 함을 물었다. 안에 지폐 두 장을 넣고 한지로 곱게 싸 삼각으로 접은 것이었다.

사각사각!

작두날을 걷는 소리가 사방으로 흩어졌다. 엄마는… 동서남북을 휘돌며 절을 했다. 두 발은 새처럼 가뜬하게 방향을 틀었다. 작두는 오를 때와 내릴 때, 그리고 방향을 틀 때가 가장 위험하다. 그러나 이 순간, 엄마에게 작두는 축제판에 다름 아니었다.

"워어이!"

하얗게 풀썩이던 엄마의 춤이 끝났다. 엄마는 승우를 위해 춤사위를 마감했다. 그런 엄마를 향해 박수를 쳤지만 소리가 나지 않았다.

그러다 그녀가 고개를 들었을 때, 엄마 대신 규리의 얼굴이 거기 박혀 있었다.

"아저씨!"

낭랑하고 쩽쨍한 규리의 목소리가 귀를 차고 들어왔다.

"……?"

놀란 승우가 벌떡 일어섰다. 돌아보니 보살의 마루였다.

"아저씨……."

또 하나… 승우가 기다리던 목소리가 들려왔다. 이미 날이 샌 시간, 폐광 너머로 해가 솟아 있음에도 민민은 승우의 지켜보고 있었던 모양이었다.

"민민……."

승우가 두 팔을 벌리자,

"아저씨!"

민민이 날아와 품에 안겼다.

"걱정 많이 했냐?"

승우가 물었다.

"네……."

"하핫, 이거 내 체면이 말이 아니네. 매번 민민 걱정이나 시키고……."

"걱정은 우리도 했걸랑요."

규리, 승우의 어깨를 톡톡 건드리며 말했다.

"어, 애기선녀님……."

"무슨 남자가 그렇게 약골이에요? 자칫하면 죽는 줄 알고 119 구급대 불러야 하나 말아야 하나 고민 많이 했다고요."

"미안……."

"됐고요, 잠깐 기다리세요. 확인이 필요해요."

규리는 합장을 하더니 신장 그림 하나를 승우의 이마에 붙였다.

후끈!

순간 승우는 불덩이가 붙은 줄 알았다. 믿기지 않게도 불은 그림으로 옮겨 붙었다.

"성공이네요."

불덩이를 안고 떨어진 그림을 규리가 집어 들었다. 그림은 흰색에서 붉은색으로 변해 있었다.

"기분 어때요?"

규리가 물었다.

"무척 무거운데?"

"며칠 아플 거예요."

"응?"

"아직 신열이 다 안 빠졌어요. 그러니 무리하지 말고 무조건 안정하세요."

안정!

규리가 한 번 더 강조했다.

"나 바쁜 사람인데?"

"난 그런 건 몰라요. 하지만 내 말 안 들으면 신열이 안에서 올라 다 망칠 수가 있어요."

"망친다고?"

"아저씨 정수리에 자리 잡은 신차 능력 말이에요."

"그거…… 뭐가 어떻게 변한 거지?"

"그거야 아저씨가 알지요."

"내가?"

"신열이 빠지면 저절로 알게 될 거예요. 뭐가 어떻게 변한 건지……."

"……."

"한 가지는 명심하세요. 천존신장은 목숨과 바꿀 만큼 위급할 때만 접신해야 해요. 알았죠?"

"그러지."

"나 피곤해서 쉴래요. 애, 너도 좀 쉬어."

규리는 민민을 향해 손을 들어보였다.

"아, 그리고 이건 보너스인데요."

건넌방으로 가던 규리가 마루 끝에서 돌아보았다.

"서울 가면 기다리는 사람이 있을 거예요. 그분을 도와야 영력이 자리를 제대로 잡을 것 같으니까 잘 도와주세요."

"기다리는 사람? 누구?"

"그것도 아저씨가 알지요."

방으로 들어간 규리는 미닫이문을 닫아버렸다. 마루에는 승우와 보살만 남았다. 보살은 말 대신 방울을 내밀었다.

"네 것이니 가져가거라. 동심원 부적은 규리가 쓴 것과 같이 태워서 네게 먹였으니 그리 알고……."

"이건……. 어디에 써야 할까요?"

승우가 방울을 만지며 물었다.

"규리가 그 안에 원광술을 넣어준 모양이니… 그걸 지니고 있으면 악귀의 죄와 자취를 찾는 데 도움이 될 것이야. 악령을 만나면 검은 빛, 선령을 만나면 흰 빛……. 그것만 기억하면 돼. 물론 네가 신열을 제대로 삭히고 난 후에……."

"원광술이란 건……?"

"저년이 만들었으니 나는 관심 없다만… 악귀의 죄를 판별하고 숨은 악귀의 자취를 찾아내는 거라더군. 요즘 것들은 나이가 어려도 영악하다니까."

"복채는 가진 게 이것밖에 없어서……."

승우는 지갑을 털어서 내밀었다. 그래봤자 14만 원 남짓한 돈. 어쩐지 턱도 없다는 생각이 들었지만 그렇다고 카드 긁자고 덤빌 수도 없는 일이었다.

"그건 네 차비나 하거라. 신족보로 따지면 내 손자인데 어찌 돈을 받을까?"

보살은 그 말을 남기고 일어섰다.

신할머니?

조금 생소했지만 어쩐지 정감이 느껴졌다.

그래서일까? 검찰청에서 봤을 때는 초라한 퇴물 무당으로 보이던 상주보살. 그녀의 등이 바다처럼 넓게만 보였다.

2장

한 맺히고 피 맺히니

승우는 이틀째 출근하지 못했다. 출근은커녕 서울까지 오는 것도 엄청난 일이었다. 남은 길이 멀다면 대리기사를 부르고 싶을 정도였다.

집에 도착한 승우는 간신히 지검에 전화를 걸었다. 다행이 금요일이라 주말과 휴일은 쉴 수가 있었다.

잠을 잤다.

더러 눈을 떴지만 일어날 수가 없었다.

가끔 눈앞을 날아다니는 민민의 목소리가 들렸다.

민민······.

말하고 싶은 의지는 있지만 입이 열리지 않았다.

무기력했다.

불에 데인 세포가 녹아나는 건지 몸은 그저 아래로, 아래로 흘러내렸다. 오는 전화도 받지 못했다. 그러다 어느 순간,

"……!"

몸이 가벼워졌다. 스위치를 올린 듯 정신이 돌아왔다. 승우를 반긴 건 이번에도 민민이 일 등이었다.

"밍글라바!"

그 인사가 왜 그리 반가웠을까? 민민의 소리가 승우를 안전한 곳으로 인도해 오는 기분이었다.

"민민……."

오른손을 내밀었다. 민민은 가볍게 날아와 거기 앉았다.

"괜찮아요?"

"응. 이제… 잠깐만……."

승우는 정수기로 다가섰다. 그런 다음 꼭지에 입을 대고 한참 동안 냉수를 들이켰다. 냉수는 십이지장까지 원샷으로 내려가는 것만 같았다.

"크하, 시원하다!"

물이 말라비틀어진 내장을 적신 걸까? 근질거리던 정수리가 뚫리는 기분에 무기력하던 기운은 멀리 사라지고 없었다.

"진짜 괜찮아 보이네요."

뒤에 떠 있던 민민이 말했다.

"나 많이 아팠니?"

"그랬던 거 같아요."

"가만……."

승우는 핸드폰을 보았다. 날짜가 궁금했던 것이다.

"……?"

그러다 황급히 밖을 보는 승우. 시간은 8시 15분. 그런데 밖이 생생하게 밝았다. 다시 고개를 돌려 요일을 확인했다.

월요일 AM 8 : 15 : 29.

시분초가 선명하게 눈에 들어왔다.

"으악, 지각이야!"

승우는 선불 맞은 노루처럼 펄쩍 뛰었다.

"검사님!"

지검 주차장에 들어서자 차도형이 다가왔다.

"지각인가?"

승우는 시계부터 보았다. 아니었다. 아직은 5분이 남은 상태였다.

"그건 아닙니다."

"왜? 갑자기 이틀이나 연가 냈다고 부장님이 뭐라고 하신건가?"

"그것도 아니지요."

"그럼 내가 보고 싶어서? 에이, 농담이라도 나수미 씨가 그러면 몰라도……."

"그게 아니고……."

"사람, 왜 이렇게 뜸을 들여? 그렇잖아도 일 많이 밀렸을 텐데 빨리 말해."

"저기……."

차도형의 눈이 현관으로 향했다. 거기 방호원 옆에 선 할머니가 보였다.

할머니…….

아들의 한을 풀어달라던 그 할머니였다.

"오늘 또 온 거야?"

"또 온 게 아니고 아예 안 갔습니다."

"응?"

"검사님이 확답해 주기 전에는 안 간다는 군요. 목요일 밤부터 내리 담장 아래서 쪽잠을 잤답니다."

"뭐야?"

"그러니 뒷문으로 돌아가시죠. 진드기도 보통 진드기가 아닙니다."

"목요일부터면 나흘이나 저러고 있단 말이야?"

"방호원들에게 잘 막으라고 지시해 두었습니다."

"……."

"가시죠."

차도형이 뒷문을 가리켰다. 그를 따라가던 승우, 문득 애기 선녀의 말이 떠올라 걸음을 멈췄다.

'기다리는 사람이 있을 거예요. 그분을 잘 도와주세요.'

기다리는 사람…….

게다가 나흘이나 지검에서 승우를 기다린 사람…….

나흘…….

그건 단순한 마음가짐으로 기다릴 수 있는 시간이 아니었다.

"그리고 부장님이 검사님 오시면 바로 방으로……?"

앞서 가던 차도형이 돌아보았을 때 승우는 현관 쪽에 있었다. 방호원과 실랑이는 벌이는 할머니를 향해 승우가 손을 내밀었다.

"저 기다리셨어요?"

"검사님!"

시름에 겨워 있던 할머니의 표정이 햇살처럼 환하게 펴졌다.

4박 5일!

할머니가 승우를 기다린 시간이었다.

길었다.

한 맺힌 사람들은 오랜 시간을 마다하지 않는다. 하긴 하루이틀의 감정이 어찌 한이 될까? 조사실에 들어선 할머니는 울음부터 쏟아냈다.

어르신들은 한의 세대다. 그들은 기뻐도 울고 슬퍼도 운다. 눈물이야말로 그들을 대표하는 정서일지도 모른다. 지난한 시간을 걸어온 그들의 엑기스라고도 할 수 있었다.

"뭘 도와드리면 될까요?"

물을 권한 승우가 물었다.

사건의 개요는 유 계장을 통해 이미 들은 것. 별문제가 없는 사건이라니 마음이나 달래줄 생각이었다. 상당수 사람들은 그랬다. 무엇보다, 자신의 억울함에 귀를 기울여줄 사람이 필요했던 것이다.

"조사는 하고 있는 건가요?"

할머니가 승우를 바라보았다.

"할머니……."

"검사님, 누굴 벌하자는 게 아니에요. 이미 다 죽어 끝난 일이에요. 그저 우리 애기의 억울함만 밝혀주면 돼요."

애기…….

할머니는 서른이 넘은 손자를 아직도 애기라고 칭하고 있었다.

"어이쿠, 엄마 없이 내가 그 새끼를 어떻게 키웠는데……."

눈물은 마르지도 않는다. 할머니는 그새 또 소매를 적셔냈다.

"사정은 딱하지만……."

몇 마디 위로하다 입을 닫았다. 승우, 사실 그 사건에 대해 제대로 아는 것도 아니었다.

"서울 가면 기다리는 사람이 있을 거예요. 그분을 도우세요."

애기선녀의 말도 한몫을 했다. 4박 5일을 기다린 사람. 애기선녀가 말하는 그분이 이 할머니일 수도 있었다.

"말씀해 보세요."

승우는 느긋하게 마음먹고 티슈를 몇 장 뽑아 내밀었다.

"내가 이 자리에서 혀를 깨물고 죽어도 우리 애기는 아니에요. 게다가 몇 년 전에 진범이 잡혔는데 조사도 제대로 안 하고 풀어줬잖아요. 그것만이라도 다시 조사를 해주면 소원이 없겠어요."

"진범이 잡혀요?"

승우가 허리를 세웠다.

진범?

"그래요. 그때 신문에도 났다고요."

할머니는 접고 또 접은 신문기사를 내밀었다.

담임 여교사 살인 사건 진범 체포—엉뚱한 피해자 구제되려나?

내용은 제법 길었다.

여교사 살인범의 범인은 따로 있었다. 경찰과 검찰의 실적 기소주의가 피해자를 양산하고 있다. 내용은 대충 그랬다.

"이 결과는 어떻게 나왔나요?"

"경찰과 검찰이 아니래요. 범인은 교도소에 복역 중인데 무슨 헛소리라며 풀어줬어요."

거기서 할머니의 눈물방울이 굵어졌다. 그 얼마나 청천벽력이었을까? 차라리 그런 소식이 없었으면 모를까 진범을 잡았다가 풀어줬다고 하니 억장이 무너지고도 남을 얘기였다.

"이거 우리 계장님께도 보여드렸나요?"

"아뇨. 그때는 깜빡하고 와서……. 나중에 와서 드릴까 했는데 안에 못 들어가게 해서……."

"손자를 믿나요?"

승우는 비로소 노트를 펼쳤다.

"그럼요. 우리 애기는 절대 사람 못 죽여요. 바퀴벌레만 봐도 도망가는 새끼인데 어떻게 사람을?"

"조사 때 그런 진술들이 들어갔나요? 법정에서도?"

"재판 때 봤는데 우리 애기가 울면서 말했어요. 하지만 판사님들이 화를 냈어요. 뻔한 일을 가지고 죄를 뉘우치기는커녕 재판정을 모독한다고 말이죠."

"변호사는요?"

"그게… 집안 꼴이 꼴이라 돈이 없어서……."

국선변호사를 세운 모양이었다.

국선변호사…….

더러 사명감 있는 사람도 있지만 뒤집힐 일이 아니라고 판단했다면 형식적 변론만 하고 끝냈을 가능성이 높았다.

"부끄럽지만 애기 애비가 전과자에 알코올중독이에요. 원래는 착실하고 쓸 만한 아이였는데 며느리가 집을 나가자 낙심해서 술만 마시다 보니 사고도 치고. 그래서 변호사 하나 붙여주지 못했어요. 그게 이 늙은이의 한이 되어……."

15년…….

대학의 낭만을 꿈꿀 나이에 살인자가 된 청년은 긴 세월을 복역했다. 15년 형에서 13년 6개월을 살았다. 모범수로 1년 반을 감형받았다지만, 억울한 게 사실이라면 위로가 될 일이 아니었다.

"그럼 아드님은 지금 뭘 하고 있나요?"

"우리 새끼는……."

할머니의 목이 메기 시작했다. 순간, 괜한 걸 물었다는 느낌이 왔다.

"얼마 전에… 죽었어요."

나쁜 예감은 여간해서는 빗나가지 않는다.

"자살인가요?"

"예……."

"……."

잠시 실내 공기가 숙연하게 변했지만 숙연보다 처절한 것이 기다리고 있었다.

"제 애비가 목을 맨 자리에서 애기도……."

쿵!

부자가 같은 자리에서…….

거기서 승우의 심장이 엇갈려 뛰고 말았다. 하나도 아니고 둘?

"애기가 출소하자 이웃에서 손가락질을 했어요. 살인자에 선생을 욕보이고 죽인 패륜아라고. 이사를 가야 했는데 워낙 가진 게 없다 보니… 제 애비는 동네 창피해 못산다고 술 마시고 목을 매고, 애기는 얼마 후에… 자기는 죄가 없다면서 그 자리에서……."

"……."

"그놈을 화장하는데 타지를 않는 거예요. 덩치도 크지 않은데 자그마치 7시간이나… 화장장에서도 그런 예가 없었다고 하더군요. 따라온 사람들이 한이 깊어 못 떠난다고 어디 용한 무당이라도 찾아가 풀어주라기에……."

7시간…….

상식적으로 불가능했다.

보통 시신 화장 시간은 플러스 마이너스 2시간으로 잡는다. 체구가 마르면 그 안쪽이고 단단하고 크면 뒤쪽이다. 그런데 7시간이라니? 하마나 공룡이 아닌 다음에야…….

"이 늙은 게 오죽하면 가진 걸 다 털어 무당을 찾아갔겠습니까? 그런데 그 무당 말이 송승우 검사를 찾아가면 만사가 해결된다기에……."

"아드님과 손자의 유서 같은 건 없었나요?"

"아들은 없고 우리 애기는 나무 밑 땅에 종이가 놓였는데… '아버지 죄송해요. 저는 선생님을 죽이지 않았어요'라고……."

"유 계장님, 좀 오세요."

숨을 고른 승우는 유 계장을 호출했다.

아버지에 이은 아들의 자살. 죽음으로까지 항변하고 싶은 무죄.

수사상에 다소간의 무리가 있었는지는 모르지만 달래서 돌려보낼 사안은 아니었다.

"그래요?"

참관실로 불려온 유 계장의 눈이 휘둥그레졌다.

"나는 그냥 죽은 줄로만 알았는데……."

유 계장, 저번 날에 건성으로 들은 모양이었다.

탓하지 않았다.

사건은 넘치고 일은 많았다. 그러니 15년 전의 일을 시시콜콜 짚고 넘어갈 형편도 아니었다.

"죄송합니다. 그날 공판검사실에 넘길 서류가 많아서 개요만 확인했었습니다. 증거나 진술을 대충 보니까 기소에 문제가 없는 거 같길래……."

"부자가 줄초상이 났다는 것도 몰랐겠군요. 그것도 같은 자리에서 나란히 목을 매어……."

"죄송합니다."

"그 친구 화장하는데 무려 7시간이나 걸렸다는 것도……."

"면목 없습니다."

"계장님을 탓하자는 게 아닙니다."

"……."

"결정적 증거는 있었나요?"

"칼과 손수건… 그리고 손톱에서 나온 여교사의 피부 표피. 그게 결정적이었던 것 같습니다."

"칼을 소지했어요?"

"만능칼을 소지하고 있었더군요. 피살자의 손수건도……."

"사인은요?"

"경부압박에 의한 질식사… 즉 액사죠. 골절이나 자상 등의 특별한 외상은 없었습니다."

경부압박.

목을 졸라 죽였다는 뜻이었다.

"손톱에서 피살자의 표피가 나왔다면?"

"액사의 경우 목을 누를 때 손톱에 의해 반월 형태의 표피 박탈이 생깁니다. 그게 손톱에 묻은 것으로……."

"현재필 주장은요?"

"최초 진술에는 여교사가 이상해 정신을 차리게 하려고 쓰다듬은 것밖에 없다고……."

"최초와 검찰조서가 다른가요?"

"검찰조서에서는 목을 눌렀다고……."

"현재필은 덩치가 우람하지 않던데 어린 나이에, 그것도 좁은 차 안에서 그렇게 쉽게 피살자 제압이 가능한가요?"

"그거야 사람이 죽으려면 우습게 죽는 경우도 있으니……."

"성폭행이 발단이었나요?"

"그런 것 같았습니다. 피살자의 옷이 절반쯤 벗겨지고 아랫도리가 드러나 있었습니다."

"재판 과정은요? 범인이 강박에 의한 자백이라고 억울함을 주장했지만 판사에게 오히려 괘씸죄를 샀다고 하던데……."

"공판 과정까지는 살펴보지 못했습니다."

"지금 바쁘세요?"

"바로 검토해 보겠습니다."

유 계장은 승우의 의도를 접수하고 참관실을 나갔다.

조사실로 돌아온 승우는 할머니를 설득해서 돌려보냈다. 사연이 딱하다고 조사실에 있게 할 수는 없었다. 할머니는 승우가 직통번호를 주자 그제야 고집을 꺾었다.

혼자 남은 승우는 불은 끈 채 생각에 집중했다.

줄초상, 무당, 7시간 화장!

몇 가지 단어들이 승우의 생각을 잡아끌었다. 사이비 무당들은 줄초상을 악용하는 경우가 많다. 어려움에 처해 정신이 없는 사람들. 등쳐 먹기 딱 좋은 말이었다. 할머니의 경우도 그러지 말라는 법은 없었다.

'애당초 유능한 변호사를 세웠더라면…….'

아쉬웠다.

보아하니 범인은 초범에 학생. 초기에 변호를 잘했으면 형량이 내려갈 수도 있었다. 하지만 할머니는 가난했고 아들은 알코올중독자였다.

가난의 악순환…….

그 또한 톡톡히 기여했음이 분명했다.

"민민……."

등 뒤의 파르스름한 빛을 느끼고 돌아보았다. 민민은 창가 벽에 붙어 구름 섞인 하늘을 보고 있었다.

"네?"

"뭐해?"

"그냥요……."

목소리가 살짝 흔들렸다. 마치 다른 짓을 하다 들킨 아이처럼…….

"이 할머니 도와주면 착한 일?"

"이미 도왔어요."

"응?"

"이미 도왔다고요. 어려운 사람의 마음을 헤아려 주는 것, 그게 바로 착한 일이잖아요. 결과는 사람의 욕심이니 원하는 걸 다 못 줄 수도 있어요."

민민의 빛이 하르르 출렁거렸다. 결과보다 동기를 강조하는 민민……. 이럴 때는 승우보다도 나았다.

"명언이구나. 그러니까 동기가 중요하다는 거지?"

"네!"

"그런데 너 뭐한 거냐? 설마 엄마 보고 싶어서?"

승우는 창밖의 방향을 가늠해 보았다. 미얀마 쪽이 아니었다.

'응?'

그러다 눈이 동그래지는 승우. 민민이 바라본 곳은 단양 쪽이었다.

애기선녀의 그 당차고 귀여운 모습이 떠오르자 승우는 쿡하고 웃음을 삼켰다.

사람은 원래 또래끼리 어울린다. 다섯 여섯 비슷한 또래인 민민와 규리. 이 세상 어떤 아이도 보지 못하는 민민을 보는 소녀…….

거기까지 생각한 승우는 시치미를 뚝 뗐다. 민민에게도 하나쯤의 비밀은 필요할 테니까.

그런데 창밖 멀리로 아는 얼굴이 보였다. 할머니였다. 그렇게 설득을 했지만 할머니는 정문 앞에 있었다. 헌 박스를 깔고 쪼그려 앉은 채로.

"민민……."

"네?"

"그런데 착한 일은 상대가 감동해야 하는 거 맞지?"

"그렇겠죠? 아무리 착한 일도 상대가 싫어하면 하면 안 된대요."

"그럼 나가자."

"어디로요?"

"할머니 보이지? 아직 만족하지 못하는 것 같잖아?"

승우가 노트를 챙겨 일어서자 민민은 재빨리 날아와 손목에 붙었다.

일단 부자가 목을 맨 현장을 확인하고 싶었다. 아버지와 아들이 같은 장소에서 목을 맨 건 보통 일이 아니었다.

더구나 그럴만한 이유도 있었다.

"뭐가 어떻게 변한 거지?"

"그거야 아저씨가 알지요."

"신열 빠지면 알 기회가 올 거예요."

애기선녀가 한 말이다.

첫 접신 때, 승우는 죽음을 느꼈었다. 그리고 어렵게 완성한 두 번째 접신…… 이번에는 어떤 변화가 있는지 궁금했다. 그러자면 죽음을 찾아가는 게 가장 빨랐다. 더구나 두 한 맺힌 주검이 어울린 곳. 그보다 더 맞춤한 곳이 있을까?

할머니를 차에 태운 승우는 천천히 정문을 빠져나갔다.

*　　　　*　　　　*

"다 와 간다오."

할머니는 날아다녔다. 높지는 않지만 노인에게는 힘에 부칠

언덕 위의 숲길. 그럼에도 불구하고 쉬지도 않았다.

검사님 마음이 변하기 전에. 우리 새끼에게 도움이 되게…….

쉼 없이 돌아보며 걷는 할머니의 눈동자에는 고단한 비원이 들어 있었다.

"조금만 더 가면……."

할머니의 조바심은 비슷한 간격을 두고 되풀이되었다. 혹시라도 승우가 멀다고 돌아갈까 봐 염려가 되는 모양이었다.

"천천히 가세요. 저는 괜찮으니까요."

승우는 할머니를 안심시켰다.

"아유, 그래도 검사님인데. 길이 이래서……."

"괜찮다니까요."

물이라도 사올 걸 그랬다. 할머니의 얼굴에서 땀이 비 오듯 흐르고 있었다.

"닦으세요."

잠시 숨을 고르던 승우가 손수건을 건넸다.

"아이고, 아니에요. 이까짓 땀이 뭐 대수라고……."

할머니는 거친 팔뚝으로 땀을 닦아냈다.

"저기로군요?"

승우가 내리막길의 튼실한 나무를 가리켰다. 거기서 주검의 냄새가 끼치고 있었다.

"아이고, 용하시네. 그걸 어떻게 아셨대요?"

할머니의 말을 뒤로 하고 나무를 향해 걸었다.

"민민……."

"네……."

손목에서 민민의 목소리가 나른하게 들려왔다.

"느껴지니?"

"네."

"나도 느껴지긴 하는데… 몸이 뭐가 변한 건지는 잘 모르겠다."

"아직 악령을 만난 게 아니잖아요?"

"아차, 그렇지."

마음만 앞서 나갔다.

나무는 소나무였다. 그 앞에 서니 동네가 한눈에 내려다보였다.

"저기가 우리 집이에요."

숨을 헐떡이며 다가온 할머니가 낮은 대지를 가리켰다.

서울에서 살짝 벗어난 위성도시. 멀리 보이는 고층 아파트의 위용 앞에 한없이 초라한 동네였다.

"여기서 목을 맸단 말이죠?"

승우가 물었다.

"예……."

할머니의 눈에는 그새 또 홍수가 났다.

"여기에 무슨 사연이라도 있나요?"

부자가 나란히 목을 맬 만한…….

문장의 간극 속에 숨긴 말은 그것이었다.

"옛날에 아들이 단란하던 때는… 며느리하고 재필이가 종종 오던 곳이에요. 어떤 때는 김밥도 싸와서 먹고, 고기도 구워먹고……."

더 묻지 않았다.

그것만으로도 왜 여기여야 했는지 그림이 그려졌다.

불행한 사람들은 그 마음에 행복했던 때의 그림이 새겨져 있다. 힘들고 고단하면 그 그림을 꺼내 만진다. 살인죄로 복역하고 나온 손자. 살인이 진실이든 아니든 그 마음은 만신창이가 되었을 일. 그는 이곳에서 행복하던 날의 그림을 꺼내보았다.

나무 아래서 아버지가 웃고, 어머니가 웃고, 어린 그도 함께 웃었을 것이다. 돌아가고 싶지만 갈 수 없는 그때. 돌이키고 싶지만 그럴 수 없는 과거…….

결국 두 남자는 그 행복하던 때의 그림 속으로 돌아갔다.

하하핫!

호호홋!

거기까지 짚어가니 바람 소리가 웃음소리로 들렸다. 현재필

가족의 웃음소리…….

하지만 행복한 과거를 애써 당겨 위로로 삼아야 하는 현재
는 고단하다. 할머니의 얼굴에 가득한 수심을 보는 순간, 웃
음은 잘려 나가고 바람이 따갑게 느껴지는 승우였다.

"후웁!"

승우는 할머니 몰래 영기를 끌어올렸다. 눈동자가 뜨거워
지더니 오감이 저마다의 갈래를 치는 게 느껴졌다. 전하고는
달랐다. 조금 더 가뜬해지고 조금 더 빨라졌다고 해야 할까?
대상을 놓고 하는 실험이 아니라 구체적인 건 알 길이 없지만
느낌은 확실히 명쾌했다.

아쉬운 건 악령이나 악귀가 느껴지지 않는다는 것. 할머니
말대로라면 혹시라도 피 맺힌 한이 머물고 있을까 싶었지만
그건 아니었다.

다음으로 들른 건 두 사람의 납골이었다. 다행히 멀지 않았
다.

둘은 야외에 마련된 담장식 납골묘에 자리를 잡고 있었다.
틈새에 낀 자리는 딱 노트북만 한 공간이었다. 그나마 외진
구석의 최하단. 제일 싼 자리라는 뜻이다.

"이것도 아는 사람들이 십시일반 마련해 줘서……."

할머니가 나지막이 말했다.

우우우!

사방에서 잡다한 영령들의 소리가 아우성을 이루고 있었다. 어디를 봐도 죽은 사람들의 공간. 게다가 날이 저물고 있어 집중하기가 쉽지 않았다.

"민민, 도와줄래?"

하는 수 없이 민민을 불러냈다.

"어쩌시려고요?"

"혹시 영기가 남았으면 물어보려고. 그게 가장 빠르잖아?"

"알았어요. 내가 찾아볼게요."

"멧씨 꺼내줘?"

"아뇨. 일단 그냥 한 번 볼게요."

민민의 빛이 대리석 안으로 밀려들어 갔다.

"그런데……."

옆에 있던 할머니가 승우의 눈치를 보며 남은 말을 이었다.

"이런 거 믿지 않겠지만 이상한 일이 또 있었어요."

"이상한 일이오?"

"우리 애기 화장 끝나고 여기로 왔을 때, 이렇게 날이 저물고 있었어요."

화장만 장장 7시간을 했다는 현재필. 그렇다면 날이 저무는 것도 당연한 일이었다.

"그리고… 유골함을 넣기 전에 봉하려고 할 때……."

"……."

"뚜껑이 저절로 열렸어요."

"……?"

"사람들은 내가 실수로 연 거라고 하는데 나는 그걸 연 적이 없거든요. 분명히 저절로 열렸다고요."

저절로!

신경 쓰이는 단어였다.

"그래서요?"

"유골함 봉하는 사람이 뚜껑을 씌우려고 집었는데… 바닥에서 안 떨어진대요."

"……."

"그래서 내가 집었더니… 바로 떨어졌어요."

"……?"

"안 이상해요? 난 우리 애기가 한이 맺혀 유골함에 안 들어가려고 그랬나도 싶고……."

"그렇지는 않겠죠."

승우는 할머니의 마음을 쓰다듬었다.

인간은 신성한 존재.

그 존재가 사멸하면 신비로 남는다. 그렇기에 죽음과 관련된 신화나 전설은 얼마나 많은가? 무당의 아들이었기에 그런 일은 수도 없이 들었던 승우였다.

"아저씨……."

할머니와 대화를 나눌 때 민민이 나왔다.

"어때?"

승우는 눈으로 물었다.

"그게… 좀 이상한데요?"

"이상해?"

"멧씨를 꺼내봐 주세요."

민민이 현재필의 자리를 바라보며 말했다. 승우는 민민의 요청을 들어주었다. 그 전에 승우는 할머니를 저편의 의자에 앉혔다. 민민과의 일도 일이었지만 할머니도 무리하는 것 같기 때문이었다.

"아저씨!"

다시 민민이 나왔다.

"아저씨가 확인해 보세요. 제가 볼 때는 영기가 느껴지질 않아요. 멧씨도 헤매고 있고……."

"내가? 어떻게?"

"그야 나도 모르죠. 그건 아저씨가 찾아야 해요."

"……?"

민민은 애기선녀와 똑같은 말을 하고 있었다.

내 안에 답이 있다?

승우는 납골벽을 바라보았다. 죽음의 냄새는 확실하게 느껴졌다. 이 모든 사람들의 냄새가 섞인 게 문제일 뿐. 수많은 영기와 영취(靈臭)들 가운데 딱 하나만 찍어서 가려내는 방법은 뭐가 있을까?

승우는 자신의 접신을 생각했다.

내림굿이 아니었다.

미얀마 낫꺼도의 신물 코끼리들과 한국 무속의 신장과 무신들, 그리고 동심원과 신방울…….

승우는 품에서 신방울을 꺼내 들었다. 납골묘역에서 꺼내 드니 제법 잘 어울려 보였다.

방울!

엄마에게 접신의 효율을 높여주던 천부인의 일종. 무신을 불러 하늘의 뜻을 알려주던 영매. 승우는 왼손으로 현재필의 이름을 짚었다. 그리고 딱 한 번 방울을 흔들었다.

'죽은 자여, 대답하라!'

마음속으로 그런 바람을 읊조리며.

짤랑!

방울은 흰빛을 머금은 채 소리를 냈다.

"……?"

소리는 컸다. 마치 고함처럼 컸다. 어찌나 크던지 할머니가 고개를 들 정도였다. 놀라운 일은 그 뒤에 벌어졌다. 큰 방울 소리가 잘게 찢어지듯 수천수만의 울림이 뒤를 이었다.

짤랑짤랑짤랑 짤랑짜알랑짜알랑 짤랑!

"아저씨!"

민민도 놀란 모양이었다. 어느새 승우의 어깨 위까지 날아
와 있었다.

"잠깐!"

그때 승우는 대리석 안에서 전해오는 무엇을 느낄 수 있었
다. 그건 흡사 잘게 나눠진 방울 소리와도 같았다.

큰 허상……

다음에 느껴지는 건 작은 티끌…….

두 개의 영기는 하나였지만 둘을 합쳐도 현재필이 되지는
않았다.

'영기가…….'

승우, 마지막까지 집중한 후에 남은 말을 이었다.

'여기 없다!'

남은 건 흔적뿐이었다. 탈피라도 한 듯 알맹이가 없었다. 선
령이 되어 하늘로 갔을까?

이제 그걸 확인해야 했다.

쌔에에!

쌔에에!

할머니를 차 안에 두고 민민과 함께 남은 승우. 날이 저물

자 영기의 기세가 드세지는 걸 느꼈다. 사방으로 넓은 납골묘역. 여기저기서 영기들이 피어오르기 시작했다.

승우와 민민은 현재필 주변의 납골을 주목하고 있었다. 말하자면 이웃한 영기를 만나려는 것이다. 온갖 주검이 어우러진 곳. 당연히, 천도되지 못한 영령들이 있을 확률이 높았다.

쎄에에에!

날카로운 파찰음이 구겨지나 싶을 때 조금 위쪽에서 영기하나가 밀려나왔다.

파앗!

바로 검은 코끼리의 궤적이 날아갔다. 영기는 그 자리에서 족쇄에 걸렸다.

[뭐, 뭐야?]

느닷없는 일에 영기는 겁을 먹고 있었다. 그 바람에 고개를 내밀던 다른 영기들이 모두 자취를 감췄다.

"좀 물어볼 게 있어서······."

승우가 나섰다.

[당신··· 뭐야?]

"여기 맨 아래 말이야. 현재필, 이 친구 알지?"

[알기야. 알지··· 그런데 뭐?]

영기가 꿈틀거리며 대꾸했다.

"영령이 있으면 좀 볼까 하고 왔는데 껍데기만 느껴지네. 궁금해서 말이야."

[산 자… 내가 보이나?]

"당연히……."

[당신… 무당인가? 아니면 퇴마사?]

"검사!"

승우는 담담하게 대답했다.

[검사가 왜? 죽은 사람을 구속이라도 하려고?]

"억울하다고 해서 말이야 뭐가 억울한지 들어나 보려고 왔어."

[흥, 여기 죽은 놈들 중에서 억울하지 않은 사람이 어디 있어? 나도 억울해 죽겠는데…….]

"아무튼 아는 대로 좀 말해줘. 왜 껍데기만 남은 건지… 안에 있는데 내가 못 보는 건가?"

[미안하지만 그건 내 마음대로 안 돼.]

영기가 고개를 저었다.

"안 된다고? 왜?"

[당신. 산 자라서 뭘 모르는 모양인데……. 여기도 나름 법칙이 있어. 이곳에서 죽은 자의 법은 저 양반이 관장하지.]

영기가 승우의 뒤를 가리켰다. 그쪽을 향해 돌아서려는 순간,

"악!"

비명과 함께 민민이 벽으로 날아가 처박혔다. 그것으로 끝이 아니었다. 나붓 민민을 들어 올린 사악한 검은 빛이 한 번 더 무자비한 나선의 저주를 꽂아댔다.

"아아악!"

"민민!"

승우는 몸을 날려 민민의 빛을 받아냈다. 순간, 거대한 악령의 기운이 방향을 바꾸어 승우를 덮쳐 왔다.

펴엉!

뭔가 울컥하는 파동이 느껴지면서 승우의 몸이 흔들렸다.

"아저씨……."

고통 속에서도 승우를 염려하는 민민.

"으으으……."

승우의 몸이 변하고 있었다. 방울도 변했다. 아까는 흰빛이었지만 지금은 검은 빛에 가까운 색감. 사악한 악령을 만나면 검게 변하는 방울…….

잇!

주체할 수 없는 분노로 달아오른 승우의 육신에서 흰 폭광이 울림 소리를 내며 터져 나왔다.

"와아앗!"

끝 간 데 없이 폭발한 승우의 분노가 진폭을 이루며 터져 나갔다.

"……!"

민민은 보았다. 승우에게 겹친 무시무시한 영력의 태을신장의 신차… 그 멸절(滅絶)의 기세가 승우의 분노와 함께하는 걸.

푸화악!

태을신장의 몸짓을 따라, 아니 승우의 몸짓을 따라 무량한 영망(靈網)의 궤적이 장쾌하게 몰아쳤다. 납골묘역을 흔들던 악령은 손 쓸 사이도 없이 영망에 낚이고 말았다.

꾸에에!

악령은 강풍에 날아가는 신문지 같은 비명을 지르며 버둥거렸다. 그 위로 사나운 각을 세운 영뢰(靈雷)가 장쾌하게 작렬했다.

께에엑!

길고긴 비통함을 남긴 악령은 연기로 녹아내렸다. 그제야 싸아한 공기가 제자리로 돌아가기 시작했다.

"아저씨……."

분노로 이글거리던 승우, 민민의 외침을 듣고서야 겨우 정신이 돌아왔다.

"민민… 괜찮아?"

승우는 민민의 빛을 안아 올렸다.

"아저씨는요?"

"나?"

"굉장했어요. 아저씨의 접신이 완성되었나 봐요."

"내가?"

승우는 믿기지 않는 듯 자기 손을 바라보았다. 거기 손바닥 위, 아직도 태을신장의 위세가 아른거리고 있었다.

"다급해지니 태을신장이 보였어. 그가… 내 염원을 따라……."

승우는 목표한 지점에 다시 한 번 태을신장의 위세를 작렬시켰다.

께에에!

근처의 영기들이 비명을 질러댔다. 우연이 아니었다. 한 번 더 확인하기 위해 나무 뒤에 아른거리는 영기에게도 영력을 날렸다.

끼에엑!

이번에도 조무래기 영기들이 혼비백산 달아났다.

그물을 이룬 영망(靈網), 신칼을 휘두르는 것 같은 영무(靈武), 강력한 파장을 이룬 영파(靈派)에, 뭇잡귀를 자지러지게 하는 영음(靈音)까지…….

마음먹은 대로 작렬하는 영력, 신기하게도 위력들은 승우의 의지에 따라 조절이 되었다.

"축하해요. 접신 능력이 완전히 자리를 잡았나 봐요. 아까도 아저씨가 신장이고 신장이 아저씨였어요."

민민은 아픈 것도 잊은 채 소리쳤다.

"내가……."

승우는 시선을 돌려 녹아내린 악령을 보았다. 냄새가 느껴졌다. 끈적함에서 배어나오는 사악함과 공포, 그리고 절망……

이것이었다.

애기선녀가 말하던 민민을 도울 수 있는 또 하나의 능력.

승우는 얼른 신방울을 꺼냈다. 방울은 원래의 색으로 돌아가 있었다.

"악귀의 죄를 판별하고 숨은 악귀의 자취를 찾아내는 신통력."

상주보살의 말이 스쳐 갔다. 그 말은 헛되지 않았다. 이 납골묘역에서 이토록 선명하게 증명했지 않은가? 나아가 애기선녀의 말, 그녀의 능력 또한 의심할 길이 없었다.

승우는 비로소 깨달았다. 이제는 민민에게 짐이 아니라는 걸. 민민이 어려움에 처하면 기필코 도울 능력이 생겼다는 것……

"거기 너!"

승우는 애당초 만났던 영기를 향해 준엄한 눈빛을 던졌다.

"내 생각에는 이제 여기서도 검사가 통할 거 같은데?"

[……]

영기는 파르르 몸서리를 칠 뿐 입을 열지 못했다.

"거기 꼼짝 말고 있어. 아니면 재미없을 줄 알아."

경고를 던진 승우는 민민부터 보살폈다.

'민민……'

승우는 영기를 그러모았다. 정갈하게 모았다. 그런 다음 민민의 곳곳을 쓰다듬듯 부드럽게 밀어 넣었다. 세 번쯤 반복하자 민민의 빛이 선명해지기 시작했다.

"이제 됐어요."

민민이 나붓 몸을 띄워 올렸다. 그리고 허공에서 이리저리 움직여 보였다. 승우에게 증명이라도 하려는 모양이었다.

"오케이, 그럼 조서 좀 받아볼까?"

승우의 눈빛이 영기에게 옮겨갔다.

[미안하지만 아는 거 없어. 여기 들어올 때도 가루뿐이었거든.]

긴 과정을 겪었지만 영기의 대답은 간단했다.

"가루뿐이라고?"

[혼이 빠져나가고 가루만 온 거지.]

주변에 있던 영기들이 음산한 합창을 해댔다.

[가루만 온 거야!]

[가루만 온 거야!]

신방울을 꺼내 들었다. 방울이 저절로 딸랑 흔들렸다. 납골묘 아래의 땅이었다. 할머니에 의하면 유골함의 뚜껑이 저절로 열렸다는 곳. 거기 희미한 영기의 자취가 있었다.

그 자취는 내려가는 길을 따라 사라졌다. 신방울로도 찾을 수 없는 흔적이었다.

그 아버지도 같았다. 둘 다 사후에 천도가 된 걸까?

고개를 갸웃거릴 때 다른 영기의 말이 떨림으로 들려왔다.

[나 저 위에서 현재필 영령 봤는데…….]

'응?'

[진짜야. 며칠 전에 신입으로 온 이만홍 판사… 현재필 영령이 거기 있는 거 봤어.]

이만홍?

이만홍이라면 승우도 문상을 갔던 판사. 그런데 현재필의 영혼이 왜 거기에?

동명이인일 수도 있었다.

승우는 목격자 영기를 앞세워 납골묘역을 올라갔다. 위쪽으로 갈수록 영기들의 기세가 올라갔다. 영기들은 바람처럼 승우를 건드렸다. 뭔가가 어르는 듯하면 영락없이 영기였다.

'후웁!'

성가신 마음에 태을신장의 위세를 빌렸다.

후웅! 영기의 파문이 허공을 흔들자,

끼이에!

나약한 영기들은 깔끔하게 청소되었다.

"여기야!"

목격자 영기가 양지바른 묘역을 가리켰다. 승우는 표지석을 확인했다.

정의로운 변호사 이만홍 여기 잠들다!

표지석에 새겨진 글자가 어둠과 어울려 아른거렸다. 사망일자와 이름이 같았다. 친절하게 작은 액자에 든 사진도 같았다. 의심할 일 없이 이만홍이었다.

"틀림없지?"

승우가 영기를 향해 으름장을 놓았다.

[그럼. 거짓말해서 뭐하게.]

"혼의 영기였나? 아니면 사람에 씌인 영기였나?"

[영기였어.]

목격자 영기는 미친 듯이 와들거렸다. 태을신장의 위력에 놀란 경기(驚氣)가 아직 남은 모양이었다.

영령의 영기······.

좋은 느낌은 아니었다.

"가 봐."

승우는 허락이 떨어지자 목격자 영기가 나선을 그리며 단숨에 사라졌다.

현재필 vs 이만홍 변호사.

별 공통점이 없었다.

'우연일까?'

일단 우연 쪽으로 마음이 쏠렸다.

하지만 우연이라기엔 마뜩치 않았다. 돌아보면, 숲을 이룬 납골묘역들. 그런데 하필 이만홍이라니. 더구나 제 묘역에서도 사라진 영기가 아닌가?

현재필 vs 이만홍 판사.

이번에는 대입을 바꿔보았다. 만약, 이만홍이 현재필의 사건의 판사였다면?

"……?"

그건 좀 피부에 닿았다. 진짜 그렇다면 현재필이 그에게 원한이 있다는 반증일 수 있었다.

"여보세요!"

승우는 전화를 꺼내 차도형을 찾았다.

―검사님!

"퇴근 안 했어?"

―예, 오늘 안 들어오십니까?

"부장님이 찾았어?"

―예. 상의할 게 있으신 모양이던데 제가 사건 담당자 만날 일이 있다고 둘러대 두었습니다.

"유 계장님은 퇴근하셨나?"

―방금 전에요. 오늘이 야간 정기 진료받는 날이랍니다.

"혹시 나 찾아왔던 할머니 손자 사건 자료 뽑아뒀어?"

―예. 제가 가지고 있는데요?

"그럼 그거 내 책상에 두고 퇴근해. 잠깐 들릴게."

승우는 그 말을 끝으로 전화를 끊었다.

"검사님!"

사무실에 들어서자 차도형이 승우를 반겼다. 그는 순댓국을 먹고 있었다.

"퇴근 안 했어?"

"검사님이 오신다기에……."

"빨리 가. 와이프가 나 저주하는 소리 들리잖아?"

"안 들릴걸요?"

깍두기를 씹던 차도형이 웃으며 응수했다.

"응?"

"우리 마누라, 검사님이 변한 거 모르거든요. 씹는 건 이미 질리도록 씹어서 이젠 재미없대요. 그러니 저주할 리가 없죠."

"뭐라고 씹었는데?"

"에이, 그걸 어떻게 말합니까?"

"해봐!"

"그냥, 왕재수라고……."

"생각보다는 준수하게 씹었네."

"서류는 거기 있습니다만……."

차도형은 얼은 화제를 돌렸다.

"땡큐!"

"계장님이 그러시는데 꼼꼼히 검토해 봤지만 큰 이상은 없
다던데요."

"그렇겠지. 그냥 뭐 좀 확인할 게 있어서……."

"식사 안 하셨으면 한 그릇 시켜드려요?"

"됐어. 차 수사관이나 많이 먹어."

승우는 의자를 당겼다. 그런 다음 차근차근 서류를 넘겼다.

"……!"

몇 장을 넘어가던 손이 벼락처럼 멈췄다.

거기 있었다.

이만홍!

그가 바로 현재필 사건의 1심 재판장이었다.

그리고…….

'읏!'

또 낯익은 이름이 보였다.

강학봉과 최강욱!

두 사람은 당시 1심의 배석판사였다.

'강학봉……'

이름과 함께 그의 얼굴이 떠올랐다. 그의 아들도 떠올랐다. 어딘가 모르게 주검의 냄새가 배어 있는 듯하던 부자…….

승우는 불길한 마음에 최강욱을 검색어로 넣고 엔터 키를 쳐보았다.

"……!"

윽!

소리 없는 비명이 나왔다. 승우는 얼어붙고 말았다. 화면에 나온 검색 결과는 놀라웠다.

한 달 전 육교 위 실족사.

실족사! 죽었다는 뜻이었다. 게다가 육교라니?

다시 확인해도 변하는 건 없었다. 술도 취하지 않은 최강욱이 육교에서 떨어졌고, 지나가던 차량에 2차 충격을 받았다. 그리하여 어이없는 사망…….

당시 1심을 진행한 세 명의 판사, 이만홍과 최강욱, 그리고 강학봉… 그들 중 둘이 죽었다. 하나는 심장마비, 또 하나는 실족사.

'남은 강학봉에게는 주검의 그림자……'

딱 짝이 맞지는 않지만 썩 좋지는 않은 필링이 무리를 지어 달려들었다.

'그렇다면……'

승우는 서둘러 서류를 넘겼다. 이번에는 당시 현재필을 기소한 검사 이름이 나왔다. 그의 이름은 서득수였다.

서득수!

승우는 그 이름도 검색어에 넣어보았다.

"……!"

승우는 한 번 더 속절없이 흔들렸다. 서득수의 이름도 사망 사고란에 올라 있었다. 그는 6주 전 바다낚시를 가다가 교통사고로 죽었다. 고속도로에서 중앙분리대를 받고 튕겨 나와 다리 아래로 떨어진 초대형 사고. 시신을 알아보기도 힘들 정도의 참극이었다.

사고 원인은 졸음 운전으로 추측되었다. 음주도 아니고 옆 차량도 없었기 때문이었다.

'이, 이런……'

"검사님!"

전율이 크다 보니 차도형에게도 전해진 모양이었다. 젓가락을 든 채, 그가 승우를 바라보았다.

"아, 아무것도 아니야."

"아무것도 아닌 게 아닌 거 같은데요? 피곤하시면 댁에는 제가 모셔다 드리겠습니다."

"괜찮다니까."

승우는 애써 웃어 보였다.

"아, 그러게 그냥 퇴근하셔서 좀 쉬시지 왜 들어오셔 가지고 는……."

승우가 고단해 보였는지 차도형은 입맛만 다셔댔다. 그사이에도 승우의 시선은 송치 서류를 뒤지고 있었다. 이번에는 현재필을 구속한 일선 경찰서 형사들이었다.

'여기 있다……'

당시 현재필 사건을 직간접적으로 담당한 건 모두 일곱 명이었다. 세 명이 주역이었고 그중 둘은 사건 해결 공로로 총리 표창까지 받았다.

세 명의 이름을 검색어로 넣었다. 나오는 게 없었다.

승우는 경찰서로 전화를 걸었다. 형사과장에게 신분을 밝히자 그들의 신원이 나왔다. 표창을 받은 둘은 퇴직, 하나는 다른 서로 전출을 갔다고 했다.

—뭐 송치한 사건이 잘못되었나요?

형사과장이 조심스러운 질문을 날려 왔다.

"그건 아니고요 통화해서 참고할 게 좀 있어서 말입니다."

—그건 좀 곤란할 텐데요.

과장의 목소리가 어두워졌다.

"왜죠?"

—그게… 둘은 퇴직했으니 연락처 아는 직원이 있을지 모르겠고… 남은 김윤재는 두 달여 전에 지명수배자 검거하려고 잠복하다 사망했거든요. 그래서 그쪽에서 수배자의 짓인지 수사 중에 있답니다.

"……?"

사망!

우연이 불길하게 겹치고 있었다. 관련자들 가운데 확인된 사망자만 벌써 네 명이었다.

"남은 두 사람… 연락처 좀 수배해 주시죠. 아주 중요한 일입니다."

과장의 약속을 받아내고 전화를 끊었다.

승우는 빈 종이에 관련자 리스트를 작성해 보았다. 한편에 현재필과 피살된 여교사를 놓았다. 다른 편에는 판사 세 명과 수사검사 한 명, 그리고 담당 형사들 세 명… 굵직하게 관련된 사람만 일곱 명이었다.

이번에는 사망일을 적었다.

현재필은 목매달아 죽은 지 두 달. 그리고 다른 사람들의 사망일은 죄다 그 직후.

"……!

놀란 승우가 볼펜을 떨구고 말았다. 다시 말해, 네 명은 모두 현재필이 죽은 후에 사망한 것이다. 놀라움은 거기서 그치지 않았다. 형사과장의 지시를 받은 늙은 형사 하나가 전화를 걸어온 것이다.

—송 검사님?

쉰 목소리의 형사가 전한 소식 또한 충격에 다름 아니었다.

—그 두 양반… 경찰 그만두고 사이좋게 놀러 다니더니 얼마 전에 강원도 계곡길에서 차가 전복되어 죽었습니다.

"언제요?"

묻는 승우의 목소리가 떨렸다.

—한 달 보름쯤 되었다네요? 나참, 그렇게 허망하게 가다니……

터엉!

승우의 핸드폰이 멋대로 떨어졌다.

"검사님!"

그릇을 치우던 차도형이 놀라 소리쳤다. 그래도 승우는 움직이지 않았다.

전율…….

이보다 더 큰 전율이 어디 있을까?

'사망자 여섯……'

현재 남은 건 강학봉 판사 하나. 그러나 그의 얼굴에도 깊게 드리워진 주검의 그림자. 그렇다면… 만약 현재필이 악령이 되어 직접 심판을 자처하고 있다면 강학봉과 강수혁의 차례가 될 판이었다.

승우는 미친 듯이 문을 박차고 나갔다.

"검사님!"

차도형의 목소리가 따라왔지만 돌아보지 않았다.

＊　　　＊　　　＊

강학봉의 연락처는 어렵게 구했다. 그나마 승우의 신분이 확실한 덕을 보았다. 그러나 행운은 거기까지였다. 강학봉은 연가 중이었다.

전화도 받지 않았다. 집도 비어 있었다. 몇 번이고 재발신을 눌러도 반복되는 전화의 신호음은 짜증만 더할 뿐이었다.

차에서 내린 승우는 메모를 검토했다. 죽은 사람들의 사망일에는 공통점이 없었다. 이틀 간격일 때도 있고 일주일 간격일 때도 있었다. 그리고 오늘은 이만홍이 죽은 날로부터 닷새째. 승우의 추측이 맞는다면 오늘 당장 강학봉이 죽는다고 해도 이상할 일도 없었다.

'이들은 모르고 있다.'

그랬다.

고작 두 달을 사이에 두고 앞서거니 뒤서거니 돌연사로 죽어간 사람들… 모두 현재필의 사건에 관여되었던 사람들. 하지만 한자리에 모여 있는 사람들이 아니었다. 신분과 직책도 다르고 일하는 기관도 달랐다. 그렇기에 오래전에 일어난 사건에 대해 공통감을 가지고 있지 않았고 서로의 죽음은 각자의 일이 되고 있었다.

강학봉의 아파트 앞에서 승우는 사건을 다시 짚어 보았다.

현재필은 여교사 살인을 부정했다.

재판정에서도 일관되게 그걸 밝혔다. 검사도 판사도 그걸 무시했다. 소년은 좌절했다. 그러다 복역 중에 진범이 잡혔다는 소식을 들었다. 사건 용의자로 잡힌 사람이 그 범행을 자백했던 것. 현재필은 기대에 부풀었지만 희망은 물거품으로 사라졌다.

진범!

진범이 나왔는데 왜 물거품이 되었을까?

의문은 거기에도 진하게 녹아 있었다.

'젠장, 그쪽도 체크해 봐야겠군.'

갈래가 한 길이 아니었다. 어쩌면 현재필의 원망은 그쪽에 더 크게 맺혔을 수도 있었다. 자포자기하고 복역하던 살인범에게 비친 서광. 그 서광을 싹둑 잘라 버린 경찰과 검사…….

─송승우 검사입니다. 중대한 일 때문에 그러니 언제든 연락

기다립니다.

승우는 강학봉에게 거듭 문자를 남기고 철수했다.

후웅후웅!

집으로 돌아온 승우는 민민에게 온화한 영기를 모아주었다. 민민이 괜찮다고 했지만 듣지 않았다. 눈앞에서 곤두박질치는 걸 본 승우였다. 영령이라 산 사람처럼 피를 흘리는 건 아니었지만 그냥 넘기기 싫었다.

"아저씨!"

영기를 받아들인 민민이 말했다.

"응?"

"그거 알아요?"

"뭐?"

"아저씨 영력이 엄청 강해졌어요. 그래서 아까 도와준 것만으로도 가뜬하다니까요."

"그래도 한 번 더 하면 좋지, 뭐."

"아저씨 엄마가 웃어요."

민민이 뒤를 바라보았다.

"진짜?"

승우도 돌아보지만, 엄마는 보이지 않았다. 그저 뭔가 희미하게 흰 흔적이 아른거리는 게 느껴질 뿐……

"아까는 멋졌어요. 역시 코리아는 좋은 나라인가 봐요."

"응?"

"엄마가 그랬거든요. 코리아는 무척 살기 좋은 나라라고. 좋은 것도 많고 맛난 것도 많고…… 엄마가 꼭 한 번 김치하고 삼겹살을 사준 적이 있었는데요, 코리아의 진짜 김치와 삼겹살은 그것과 비교도 안 되게 맛있을 거라고 그랬어요."

"민민……"

"그래서 그런지 코리아 낫꺼도… 굉장하잖아요? 애기선녀가 아저씨 접신시키는 부적 쓸 때 놀라 자빠지는 줄 알았어요."

"애기선녀 보고 싶니?"

"네!"

민민은 바로 고개를 끄덕거렸다. 아이다운 솔직함이었다.

"그래서 애기선녀가 있는 하늘을 바라본 거야?"

"우와, 그것도 알아요?"

"녀석. 내가 이래 뵈도 한 때는 여자 빠꼼이였거든."

"빠꼼이?"

"시간 되면 또 가자. 따지고 보면 우린 전부 가족일지도 몰라."

"가족이라고요?"

"거기 상주보살님이 우리 엄마 신어머니라잖아? 그럼 나한테는 할머니네. 아니지, 따지고 보면 나도 신아들일 수 있으니 그냥 엄마? 그러면… 애기선녀도 성주보살님 신딸이라니 나하고 같은 항렬… 아니지, 우리 엄마도 신딸이고 애기선녀도 신딸이니 애기선녀가 내 이모?"

"이모요?"

"아, 이 족보 은근히 머리 아프다. 아무튼 넌 나하고 일심동체니 그냥 다 같은 편이야, 같은 편!"

족보를 짚어가던 승우가 손사래를 쳤다.

"그 말 마음에 들어요. 같은 편이라는 거……."

"그렇지?"

"그런데… 애기선녀도 우리랑 생각이 같을까요?"

민민이 힘없이 물었다.

"그럼. 우린 접신으로 이어진 거야. 초강력울트라슈퍼 인연. 너 그게 얼마나 굉장한 건 줄 아냐?"

"얼마나 굉장한데요?"

"음. 그러니까……."

승우는 엄마에게 들었던 썰을 민민에게 풀어놓았다.

"옷깃 한 번 스치려면 5백겁, 같은 민족으로 나려면 4천겁, 한 동네에 태어나려면 5천겁, 부부가 되려면 7천겁, 부모자식이 되려면 8천겁, 스승과 제자가 되려면 1만겁……."

한참을 질러가다 보니 민민이 잠든 게 보였다. 승우의 손목에 얌전히 누운 것이다.

'녀석……'

승우는 조용한 미소를 지었다.

겁…….

민민과는 몇 겁일까? 잠시 망중한을 누리며 생각해 보았다. 일단 옷깃 스친 인연은 넘었다. 그러니 500겁. 추한 비리 검사에서 바르게 나갈 길을 깨우쳐 주었으니 스승과 제자라 부를 수도 있었다. 그렇다면 1만 겁… 우주가 한 번 생겼다가 사라지는 동안이 겁이라니 이 얼마나 대단한 인연인가?

승우는 다난한 마음을 내려놓고 민민을 바라보았다. 새근거리는 빛이 더 없이 귀여워 보였다. 오늘 하루의 고단함을 성둥 끊어주는 민민이었다.

3장
사자[死者]의 사형 집행

다로롱도롱!

이른 아침, 꿀잠을 일어선 승우의 핸드폰이 울렸다. 발신자는 강학봉이었다. 양치를 하다 화면을 본 승우, 입안에 문 치약을 뱉어버리고 전화부터 받았다.

"여보세요!"

—나 지법의 강학봉입니다만…….

그는 연가를 내고 외국에 있었다. 막역한 선배가 갑작스러운 죽음을 당하자 마음이 심란해졌다고 했다. 하지만 아들은 함께 있지 않았다.

"아드님은 어디 계십니까?"

―왜 그러시죠?

"아. 단순한 첩보입니다만……. 부장님의 판결에 불만을 품은 사람이 두 분에게 위해를 가하겠다는 정보가 입수되어 말입니다."

―그래요?

핑계는 적절했다. 실제로 최근 들어 사법부에 대한 신뢰는 바닥을 기고 있었다. 일관성이 떨어지고 전관예우에 대한 관습이 널리 알려지면서 국민들의 불신을 자초한 것이다.

―아이는 학교에서 교수님 프로젝트를 돕고 있어요. 대개 일주일에 한두 번 귀가해 옷가지를 챙겨서 갑니다만…….

"알겠습니다."

강학봉의 귀국은 모레였다.

전화를 끊고 생각했다.

외국!

생각할 여지가 있었다. 영기가 외국까지 갈 수 있을까? 못 갈 건 없었다. 왜냐하면 오래된 물건에 묻어 다니는 영기들이 많기 때문. 그럼에도 불구하고 승우는 낙관했다.

'현재필 악령은 국내에 있다.'

그 근거는 강학봉의 아들이었다. 악령은 이미 그 둘과 접촉했다. 게다가 아들에게 드리운 영기의 그림자가 더 무거웠다.

그렇다면 현재필이 먼저 찜한 사냥감은 강학봉의 아들. 그러니 굳이 외국까지 따라갈 확률은 희박했다.

전화번호를 얻은 승우는 강학봉의 아들에게 전화를 했다.

아들 이름은 강수혁.

전화를 받지 않았다. 별수 없이 문자를 남기고 출근을 했다. 마음이 급했다.

"부장님!"

승우는 오 부장이 출근하기를 기다려 그 앞에 섰다.

"어, 송 검사!"

오 부장 옆에는 조기호가 있었다. 손발이 게으른 사람은 입으로 일한다는 말이 있다. 조기호가 그 말을 실천 중인 모양이었다. 하긴 비리 검사로 사는 것도 만만한 일은 아니었다. 주변 관리를 튼실하게 해두지 않으면 언제 감찰반이나 민원인에게 뒤통수를 맞을지도 몰랐다.

"부장님과 할 말이 좀 있는데?"

승우는 에둘러 조기호를 내쫓았다. 한때는 체취만 맡아도 동지의식이 느껴지던 조기호 검사. 일에 빠지니 그런 생각은 찾을 길이 없었다.

"뭔가?"

여직원이 가져온 커피를 들고 오 부장이 물었다.

"혹시 며칠 간 저 기다렸다는 할머니 얘기 들었습니까?"

"들었지. 잘 달래서 보냈나?"

"예……."

"하여간 우리나라 사람들 큰일이라니까. 무슨 일만 생기면 정서적으로 해결하려고 하니… 아, 그러면 벌 받을 사람이 어디 있겠나? 이래서 빼주고 저래서 봐주고……."

오 부장이 혀를 찼다. 오 부장에게도 쌓이고 쌓였을 경험이었다.

"이거……."

승우가 서류를 내밀었다. 할머니의 손자 현재필 사건 전문과 진범으로 검거되었던 남자의 수사 기록이었다.

"자네?"

오 부장도 촉이 있다. 금세 낌새를 차리고 고개를 들었다.

"아무래도 마음이 쏠립니다. 재수사를 하도록 허락해 주십시오."

"송 검사!"

"여러 가지 의심쩍은 일들이 있습니다."

승우는 일단 수사의 미비점을 부각시켰다. 관련자들이 죄다 급살을 맞고 있지만 그걸 강조할 수는 없는 일이었다.

"이제 사건에 대한 영감이 트인 모양이군."

"그냥 짚이는 게 있어서……."

"수사상의 미스라는 건가?"

"가능성이 높습니다."

"누구 쪽? 경찰, 검찰?"

"둘 다겠죠."

언제나 그렇다. 물체는 아무리 얇게 베어내도 양면이 있게 마련이다. 이미 기소가 된 사건이라면 경찰만의 잘못일 수도, 검사만의 잘못일 수도 없었다.

"안 돼!"

잠깐 동조하는 것 같던 오 부장, 결국 선을 그어버렸다.

"부장님!"

"그렇잖아도 자네 부르려던 참인데… 요즘 왜 그렇게 얼굴 보기 힘들어?"

"그건……."

"전 같으면 또 어디 가서 죽지육림의 몸부림을 치겠지 했겠 지만 이젠 그럴 사람도 아니고… 보아하니 이 사건 주변 조사 하고 다닌 모양이군."

"……."

"자네 마음은 이해하네. 사실 나도 멋모르고 기소율에 매 달리며 영장을 남발한 때가 있었어. 그때는 정말 신들린 무당 처럼 일에 묻혀 살았어. 눈만 뜨면 사건에 대한 맥락이 잡히 는 데야 도리가 없더군."

"……."

"자넨 나보다 더할 거야. 부침한 시간이 길었지 않나?"

오 부장의 시선은 따뜻했다. 그는 이제 승우를 완전히 신뢰하고 있었다.

"하지만 일에는 경중과 순서가 있다네. 지난 번 양 부장과 겪어봐서 알겠지만 그 사건 역시 담당 검사가 있을 걸세. 그런데 이미 끝난 사건을 다시 뒤진다고 하면 그 검사가 좋아할까?"

"하지만……"

"일도 좋지만 조직 내의 관계도 중요하다네. 자네도 언제까지나 평검사로 썩을 건 아니잖아?"

정곡을 찔렸다.

사람은 왜 일을 하는가?

성취감 때문이다.

검사도 예외는 아니었다. 평검사 위에 부부장검사, 그 위에 부장검사… 검사의 직급상으로 보면 검찰총장을 제외하고는 다 검사라지만 그건 허울에 불과했다.

같은 예로 교사들이 있다. 그들 역시 교감 교장 외에는 전부 '교사'들이다. 하지만 그 앞에 붙는 수식어 하나에 목을 매는 게 인간이었다.

"실은 주말에 라운딩이 있었네. 지검장님 출근하시면 자네랑 불러서 지시가 나올 것 같네만 이렇게 되었으니 내가 먼저 말을 해야겠군."

'라운딩?'

"그 자리에는 지검장님 외에 검찰총장님과 청와대 수석이 계셨어."

"……?"

"핵심만 말하자면 미제 사건 전담반… 즉 비선검사제를 검토하는 모양이야. 물론, 대외적으로는 절대 보안이고."

"비선검사제라고요?"

승우가 고개를 들었다.

"이름은 중요하지 않네. 청와대 주인께서 자네의 쾌거에 고무되신 모양이야. 총장님도 같은 마음이라 궁합이 맞은 거지."

"그렇다면 이 사건도 그 범주에 드는 겁니다."

승우가 현재필 서류를 가리켰다.

"사람, 왜 이렇게 융통성이 없어? 꽃이면 다 같은 꽃인가? 저쪽에서 검찰 대우 좀 해주겠다고 나오면 생색을 내도록 멍석을 깔아줘야 모양이 나는 거 아닌가? 말하자면 같은 값이면 저쪽에서 오케이 사인이 나온 다음에… 저쪽 입맛에 맞는 사건 한두 개 해결한 후에 하란 말일세."

"……!"

오 부장의 말은 공감이 갔다. 그게 순서다. 조직의 생리였다.

하지만!

현재필의 일은 시간을 다투고 있었다.

현재필 사망 후 두 달, 그 두 달 만에 사건 관련자 대부분이 유명을 달리하고 있는 상황. 승우는 별수 없이 사건 관련자들의 잇따른 사망에 대한 견해를 밝히게 되었다.

"……?"

오 부장이 소스라쳤다. 우연일수도 있지만 우연이 너무 컸다. 더구나 한 명은 부장이 문상까지 하고 온 바이니 놀라지 않을 수 없는 일이었다.

"그 양반도 관련자란 말인가?"

"당시 사건의 1심 재판장이셨습니다."

"자네… 확실한 건가?"

"사인이 필요하시면 제가 따로 취합해서 보고하겠습니다."

"관련 형사들과 판사, 검사들이 그 친구가 자살한 후에 죄다 돌연사?"

"심장마비, 추락, 투신……. 나름 우연한 사망으로 볼 수 있지만 시기가 집중되고 있습니다. 의문이 들지 않을 수 없습니다."

"귀신이 되어 한을 풀고 있다는 건가?"

"……"

승우, 거기서 잠시 머리를 정리했다. 사실이 그렇다고 해도 그렇게 갈 수는 없는 일이었다.

"제 생각에는 어쩌면 현재엽이 죽지 않았을 수도… 혹은 현재엽을 아는 누군가가, 이를 테면 교도소 동기 같은 그런 살인 전문가들이 사고사를 위장해 대리 복수극을 펼치고 있을 가능성이……."

"……."

"부장님, 죄송하지만 시간이 없습니다."

"하지만 지검장님이… 오전 중에 청와대 수석이 오기로 했을 걸세."

"허락해 주지 않으시면 저는 그 업무를 거절하겠습니다."

승우가 승부수를 띄웠다.

단호했다.

오 부장은 당혹스러운 표정이 역력했다. 지금은 변했다지만 막가기로 치면 대한민국 검찰에서 1등을 달리고도 남을 인간.

엇나가면 걷잡을 수 없는 게 송승우라는 걸 그도 모르지 않았다.

"부장님!"

"허어!"

"부장님!"

"하는 수 없지."

숙고하던 오 부장의 입에서 허락이 떨어졌다.

"급한 사건 하나 자네에게 맡겼다고 핑계를 댈 테니 가능한
한 빨리 종결토록 하게."

"고맙습니다!"

승우는 인사를 꾸벅 하고 일어섰다.

본격 수사의 첫 단추는 이렇게 끼워졌다.

"모이세요!"

306호실에 들어선 승우, 긴급 수사관 회의를 소집했다.

"계장님, 현재필 사건 제가 재수사를 맡게 되었습니다."

"예?"

느닷없는 발언에 유 계장이 고개를 들었다.

"수사 기록… 안 본 사람?"

"여기 있수다!"

"저도요!"

석 반장과 나수미가 손을 들었다.

"두 부 출력 부탁해."

승우가 권오길에게 지시를 내렸다.

지잉!

프린터가 불빛을 파닥거리는 사이에 승우는 석 반장에게
특명을 내렸다.

"반장님, 경찰 인력 중에 도움이 필요합니다. 유도나 기타

유단자들, 날래고 민첩한 친구들로 지원 좀 받아주세요."

"언제 말입니까?"

"지금 당장!"

승우가 힘주어 말했다.

"그럽죠."

"검사님. 그럼 포인트가 뭡니까? 현재필이 억울한 옥살이를 했다는 게 아닌 거 같은데?"

승우의 지시만으로도 가닥을 잡은 유 계장이 송곳 질문을 날려 왔다.

"맞습니다. 이걸 보세요."

승우가 사건 관계도를 내밀었다. 사인펜으로 대충 그린 것이지만 내용만큼은 모두를 긴장시키고도 남았다.

여교사 살인 사건!

사건 관련자들 중 여섯 명이 최근 두 달 사이에 의문사에 가까운 사망!

사망! 게다가 여섯!

그 단어에 박힌 수사관들의 시선은 떨어질 줄을 몰랐다.

"사건에 핵심 관련자는 모두 일곱 명… 그중 여섯 사람은 최근 사망, 남은 건 강학봉 판사 한 사람입니다. 어떻게 생각하세요?"

승우가 질문을 던졌다. 설명보다 강력한 주의 환기였다.

"최근 두 달 안에 집중된 거라면 우연이라기엔……."

차도형이 뒷목을 긁었다.

"더구나 사인이 모두 개인사예요. 추락, 심장마비, 투신……."

"……."

"여기서 주목할 건 현재필의 사망 시점입니다. 두 달 전 목을 매어 자살……. 그때부터 이들 여섯 명의 죽음이 집중되고 있습니다. 여기에 대해 의견 말해보세요."

다시 질문을 날리는 승우.

"사망이 확실합니까?"

"물론!"

"그럼 둘 중 하나로군요. 완전히 우연이거나, 어떤 새끼가 현재필의 억울함을 공감해 고도의 수법으로 살인을 저지르고 있는 거……."

차도형이 목청을 높였다.

"남은 건 강학봉입니다. 이 양반 지금 연가로 해외에 있다는데 이틀 후에 들어온답니다. 그 동안에 우리가 사건개요를 파악하고 사망자들에게 대한 원인 분석을 마쳐야 합니다. 왜 죽은 건지, 정말 관련 없는 죽음인지……."

"다들 우연사, 돌연사라면 귀신이 곡할 노릇이네요."

서류를 받아 든 나수미가 중얼거렸다.

"귀신이라도 사람을 살해한다면 잡아야지."

승우는 단호했다.

"사망 시점은 경찰서 형사들이 먼저로군요. 그다음에는……."

"기소 검사인데요?"

석 반장이 서류를 훑어 내려가자 권오길이 말을 받았다.

"수순으로 보면 원한 관계도 납득이 되는굽쇼. 체포한 형사들 먼저, 그리고 기소한 검사. 다음으로 판사들 순이라……."

석 반장이 턱을 쓸어내렸다. 오랫동안 현장에서 촉을 키워온 석경태. 그도 예사롭지 않다는 반응을 보였다.

"그런데 그렇게 치면 진범을 풀어준 검사도 대상에 들어가야 하는 거 아닌가요?"

고개를 갸웃거리던 나수미가 뜻밖의 의견을 냈다.

"……!"

승우는 머리카락이 쭈뼛 서는 걸 느꼈다. 그걸 간과하고 있었다.

채선태…….

자판 앞에서 승우의 손가락이 떨었다.

혹시 이 사람도?

다행히, 채선태에 대한 기사는 없었다. 그렇다면 아직은 죽지 않았다는 의미로 받아들일 수 있었다.

"나수미 씨, 그 담당 검사 연결해서 나 좀 바꿔줘."

승우는 서둘렀다.

몇 번이고 전화가 건너가는 사이, 승우는 나수미 옆에서 조바심을 달랬다. 전화는 어렵게 어렵게 연결이 되었다.

"여보세요!"

채선태는 경기도의 지검 소속이었다. 기수로 따지면 송승우의 선배, 직급도 부부장검사였다.

"혹시 최근에 사고를 당할 뻔한 적 없습니까?"

현재필 사건은 묻지 않았다. 승우도 검사이기에 검사들의 생리를 아는 까닭이었다. 이유에 대해서는 대충 둘러댔다.

—사고는 아니고… 출근 중에 심장이 맛이 가는 통에 영영 갈 뻔한 적은 있어요. 다행히 병원이 가까워 목숨을 건졌습니다만…….

"죄송하지만 그게 언제죠?"

—사흘 전이오, 지금도 병원입니다만…….

사흘 전!

"나 좀 나갔다 올게요. 간단히 생각할 사건이 아니니까 다들 정신 바짝 차리세요."

승우는 겉옷을 들고 복도로 뛰었다.

사자(死者)의 사형선고…….

머릿속에 그 말이 바글거렸다.

그 선고를 받은 사람이 한 명 더 늘었다.

채선태. 자칫하면 치명적인 간과가 될 뻔했던 인물. 게다가 사흘 전에 찾아온 심근경색……. 그나마 비극으로 끝나지 않았으니 다행이었다.

채선태는 대학병원에 있었다. 승우가 전격적인 방문을 하자 의외라는 표정을 지었다. 사건의 경중을 모르는 까닭이었다.

"투서가 왔다더니 그렇게 심각합니까?"

2인실에서 쉬고 있던 채 검사가 물었다.

"따지고 보면 선배님이시잖습니까? 심근경색이면 심각한 병인데……."

"생각해 주는 거야 고맙지만……."

채 검사가 음료수를 내밀었다. 그걸 받으며 승우는 채 검사의 몸을 살펴보았다.

'영기…….'

느껴졌다.

"죄송하지만 어떻게 심장마비가 왔는지 좀 들을 수 있을까요? 저도 슬슬 나이를 먹어가서……."

"아직 그런데 신경 쓸 나이는 아닌 거 같은데요?"

"보기보다 심장이 좋지 않습니다."

"하긴… 요즘 20대들도 심장질환이 많다더군요. 그런데 이런 말하면 어떨지 모르지만 요즘 과로인지 헛것이 보였어요."

'헛것?'

"착각이었겠지만 어쩌나 간담이 서늘하던지 그만……."

헛것이 아니라 제대로 본 거였다. 그 앞에 나타난 건 영기였을 테니까. 그의 목숨을 노리고 온 사자였을 테니까.

그런데!

대화하는 통에 주변 영기가 갑자기 사나워졌다.

말할 수 없이 강력했다.

채 검사를 돌아보지만 그가 근원은 아니었다.

팟!

승우는 재빨리 문을 박차고 나왔다. 그런 다음 옆방을 열었다. 그곳은 병동의 처치실이었다. 암으로 치료 받던 환자가 원인불명의 출혈을 잡지 못해 악전고투를 하고 있었다.

"뭐죠?"

의료기기를 다루던 간호사가 돌아보았다. 그사이에 사음한 영기가 환기구를 타고 사라졌다.

"뭐냐고요?"

환기구를 바라보는 승우를 간호사가 다그쳤다. 승우는 고개를 꾸벅하고는 복도로 나왔다. 승우 뒤로 보호자들이 통곡을 하며 처치실로 들어갔다. 환자가 운명한 것이다.

하지만 그 주검이 아니었다.

그 환자의 영기가 아니었다.

몹시도 사납고 일그러진 느낌의 영기……

'현재필의 악령……'

승우는 병원 곳곳으로 이어지는 환기구를 보며 남은 말을
중얼거렸다.

'그가 여기 있다.'

여기!

승우는 가까운 화장실로 뛰었다.

그런 다음 환기구 아래에 신방울을 가져다댔다.

우웅!

진동이 느껴졌다. 영기를 감지한 것이다.

"민민!"

불을 끈 채 손목에 대고 속삭였다.

"네!"

민민이 하르르 피어올랐다.

"미안하지만 확인 좀 해줄 수 있겠니?"

"문제없어요."

"멧씨 꺼내줘?"

"아뇨, 좁으니까 제가 그냥 들어가 볼게요."

민민은 어느새 환기구의 빈틈을 비집고 들어갔다.

"무리하지는 말고!"

"호웃께 까먀!"

민민은 고개를 끄덕하고는 시야에서 사라졌다. 승우는 그 아래서 조바심을 달랬다.

현재필의 복수!

그건 착각이 아니었다.

긴장 속의 오 분이 지났다.

'내가 경솔했나?'

빙의하지 않고 돌아다니는 악령. 게다가 멀쩡한 대낮에도 영기가 강하다는 걸 망각했다. 민민이 걱정된 승우는 피가 말라갔다. 그러다 10분이 다 되어서야 민민이 환기구에서 나왔다.

"민민!"

"아저씨!"

민민은 바로 승우의 팔목에 내렸다.

"괜찮아?"

"네… 휴우!"

"악령은?"

"감지는 했는데 확인은 못 했어요."

"그래?"

"아저씨……."

"응?"

"이 악령… 생각보다 강한 거 같아요. 어쩌면……."

민민은 잠시 주저하다 말을 이어갔다.

"저번에 맞선 젖아기 엄마보다 더……."

"……!"

민민은 긴장하고 있었다. 악령을 보면 거침없는 민민을 알기에 승우 또한 긴장하지 않을 수 없었다. 민민이 그렇다면, 그런 것이다.

"뭔가 느꼈구나?"

"네… 악령 앞에 또 다른 영기가 있었어요."

"……?"

"그게 벽을 이루고 있어서… 악령을 놓치고 말았어요."

"그럼 악령이 혼자 돌아다니는 게 아니란 말이야?"

"그런 것도 같아요. 아무튼 하나의 영기는 아니었어요. 벽을 이룬 영기들은 약하긴 했지만……."

"그럼 혹시 현재필의 아버지?"

"아뇨. 한둘이 아니라 여럿이에요."

"……!"

넘어야 할 벽이 하나 더 생겼다. 상대는 영령. 밤낮을 가리지 않고 돌아다니는 상황. 그런데 그 주변에 또 다른 영기가 있다니…….

"민민. 악령들 말이야… 아무래도 낮에는 힘이 약하겠지?"

"아무리 강력한 영기라고 해도 햇빛 앞에서는 지치니까요."

"그럼 비가 오거나 흐리면?"

"조금은……."

조금……?

별로 위로가 되지 않았다.

휴게실로 나온 승우는 홀로 생각에 잠겼다. 보호해야 할 사람은 일단 세 명.

강학봉 부장판사!

그 아들 강수혁!

그리고 채선태 검사!

그러나 상대는 악귀. 보이지도 않는 상대. 게다가 수사관들조차 믿지 않을 테니 전격 수사나 공개수사도 어려운 상황. 승우는 결국, 민민밖에 믿을 존재가 없었다.

'선공이 필요해!'

승우는 침을 넘겼다. 보이지 않는 존재를 대상으로 방어하는 건 절대 불리였다. 한시 바삐 현재필 악령과 마주해 제압하는 게 급선무였다.

하지만!

악귀의 속내를 어찌 알 것인가? 승우가 채선태를 보호할 때 강학봉에게 가면 그만이었고, 그를 보호할 때 그 아들을 공격하면 속절없을 일이었다.

바로 그때, 환자 보호자로 온 할머니 하나가 품에서 뭔가를 꺼내 들었다. 누런 황금빛의 종이는 부적이었다. 할머니는 그걸 손에 쥐고 기도를 올렸다. 입원한 가족의 무사 완치를 비는 모양이었다.

'부적······.'

그걸 보자 애기선녀 규리가 떠올랐다. 그녀의 도움으로 접신을 완성한 승우. 이제는 무속을 부정할 수도 없는 승우였다.

'기대 보는 수밖에!'

승우는 상주보살의 전화번호를 눌렀다. 승우가 기대하는 건 애기선녀의 부적이었다.

오후가 되면서 부적이 왔다. 승우가 다급히 부탁한 덕분이었다.

그런데······.

그걸 가져온 사람이 애기선녀였다. 그녀의 곁에는 운전을 맡은 청풍댁이 서 있었다.

"얘!"

병원 복도에서 만난 애기선녀, 승우보다 민민을 먼저 반겼다. 부름을 받은 민민이 잠에서 깨는 게 보였다. 그냥 깨는 게 아니라 좋아 어쩔 줄을 모른다.

"신차(神借)까지 하고서도 그게 필요해요?"

하얀 모시옷 바지와 상의를 차려입은 규리는 여전히 당차고 당돌했다.

"그게 그럴 만한 이유가 있어서 말이지……."

"하긴 아직 태을신장님과 일심동체가 되긴 좀 빠르죠?"

"……."

"이유를 말해보세요."

규리는 날선 눈을 하고서 다그치듯 물었다.

"악귀가 노리는 사람이 셋이야. 하나는 내가 맡을 수 있지만 셋을 동시에 보호하는 건 불가능해서……."

"쎈 놈이군요?"

"게다가 하나가 아니야."

"악귀가 떼거지로 다닌다고요?

"민민이 봤어."

승우가 말하자 규리의 시선이 민민에게 옮겨갔다. 둘은 쪼르르 구석으로 가더니 어깨를 맞대고 귀를 기울이거나, 까르르, 깡총거리기 등을 반복했다. 그걸 바라보는 승우의 기분이 이상했다. 규리에게 민민의 독점권을 뺏기는 기분이 든 것이다.

'나도 참…….'

헛웃음이 나왔다. 이런 질투라니…….

"민민에게 다 들었어요. 지금 현재 보호해야 할 사람은 두 명이라고요?"

"그래. 한 명은 아직 외국에 있으니까."

"부적은 어떻게 하려고요?"

"우선 병실에 붙여두려고. 입원 환자는 이동하지 않으니까 침대 밑 같은 데 붙여두면 되지 않을까?"

"몰래 쓸 부적이군요."

"상황 설명이 쉽지 않아. 설명한다고 받아들일 사람들도 아니고……."

"여긴 부적으로 눌러놓고 저쪽을 지키려는 거죠?"

"그럴 수밖에 없잖아?"

승우가 어깨를 으쓱해 보였다.

채선태와 강수혁……

둘 중 하나에 부적을 써야 한다면 그건 단연 채선태였다. 그는 환자이기에 어떻게든 그 근처에 부적을 둘 수 있지만 강수혁은 쉽지 않은 일이었다.

─너 위험해!

─귀신이 노리니까 부적 가지고 다녀!

강수혁이 네 하고 대답할 리가 없었다.

"그랬다가 악령이 환자를 노리면요?"

"……?"

승우는 정곡을 찔렀다. 그러지 말라는 법도 없는 것이다.

"부적을 믿어야지."

"어리석은 선택이에요."

규리가 당차게 고개를 저었다. 어린 그녀에게서 어른 같은 노련함이 엿보인다. 나이는 어리지만 접신을 이룬 아이. 보통 때는 귀엽고 당찬 아이지만 무속이 관련되면 자태가 달랐다.

"어리석다고?"

"사람이 여럿 죽었다고 들었어요. 맞나요?"

"그래……."

"아저씨는 그게 한 맺힌 악령의 짓으로 생각하고 있고요."

"응!"

"그렇게 접근하면 줄초상이 이어져요. 더 확실하게 접근하셔야죠."

"확실? 어떻게?"

"아줌마!"

규리가 조금 떨어져 있는 청풍댁을 불렀다. 그녀는 청홍색 보자기를 내밀었다.

"신점(神占)으로 도와드릴게요."

규리는 민민과 나란히 선 채로 초를 꺼내 보였다. 초는 규리의 키에 버금갈 정도로 컸다.

초!

규리의 신점은 초점인 모양이었다.

"사람 안 오게 잘 지키세요!"

으슥한 계단참에서 규리가 말했다. 승우는 비상구 문 앞에 있었다. 원래는 정갈한 장소에서 해야 신빨이 오르는 신점. 이리저리 궁리를 했지만 병원에서는 이만한 곳도 찾기 어려웠다.

"해보죠, 뭐."

다행히 규리는 장소에 대해 까탈스럽게 굴지 않았다. 어리기 때문인 모양이었다. 그런데… 진지한 표정으로 사주를 쓰던 규리가 빼액 소리를 질렀다.

"아저씨!"

"왜? 뭐가 잘못됐니?"

"이거 이 사람 사주 아니에요!"

규리가 종이를 내던졌다.

"아니라니? 사건에 적힌 주민번호인 거 두 번이나 확인했는데……."

"아무튼 아니에요, 이건 산 사람의 사주라고요!"

"……?"

규리의 눈에서 칼바람이 일었다. 그제야 승우는 아차 싶었다. 실제 생년월일과 호적이 다른 경우는 많았다. 그걸 고려하지 못한 것이다.

승우는 현재필의 할머니에게 전화를 걸었다. 규리의 말은 정확했다. 현재필의 사주는 호적상 17일이었지만 실제로는 7일이라는 설명이 온 것이다.

"일을 다 망칠 뻔했잖아요."

규리는 승우를 호되게 나무랐다. 입이 열 개 있어도 할 말이 없는 승우였다.

"이번에는 맞네."

다시 사주를 적던 규리가 중얼거렸다. 그 옆에는 민민이 있었다. 둘은 쪼그려 앉은 모습까지도 닮아보였다.

"훠어이!"

사주에 불을 붙인 규리가 한바탕 원을 돌았다. 민민은 허공에서 지켜보고 있었다. 다시 촛불 앞에 선 규리는 어린 규리가 아니었다. 어느새 신이 내린 것이다.

촛불보다 요원한 불길을 뿜던 규리의 눈이 촛불과 마주쳤다. 그녀의 손이 다가갔다.

꿀꺽!

지켜보는 승우 목에서 침이 저절로 넘어갔다.

손은… 한 치의 주저도 없이 촛불을 짚었다. 촛불은 북쪽으로 갈라졌다. 균형을 지키던 촛농이 북쪽으로 흐른 것도 그때였다.

북쪽!

그렇다면 병원이었다. 악령에게는 채선태가 우선이라는 계시였다.

"휘어이!"

휘파람 소리와 함께 규리가 제정신으로 돌아왔다. 촛불이 꺼졌다. 그때, 철컹 하고 비상구 문이 열렸다. 승우가 돌아보자 간호사 둘이 보였다.

"어머, 너 뭐하는 거니?"

초를 본 간호사가 소리쳤다.

"아, 아무것도 아닙니다. 잠깐……."

승우가 나서 상황을 수습했다.

"초 태운 냄새가 나잖아요. 병원에서 불장난하면 안 돼요."

간호사가 역정을 내자,

"언니. 두 시간 전에 돌보던 환자 죽었지? 그 사람이 언니 뒤에 있는데 내가 붙여줄까, 떼어줄까?"

"까아악!"

간호사의 비명을 들으며 승우와 규리는 복도로 들어섰다.

"바보!"

규리가 비상구를 보며 낼름 혀를 내밀었다.

"진짜냐?"

승우가 물었다.

"뭐가요?"

"환자 귀신……."

"당연하죠. 저 언니는 운이 좋았어요. 조금만 늦었어도 찰싹 달라붙었을걸요."

"총각 귀신?"

"총각은 총각인데 완전 삭은 70대 할아버지였어요."

"악령은 여기?"

걸음을 멈춘 승우, 병원을 지칭하며 규리를 돌아보았다.

"네, 틀림없어요."

규리는 거침없이 대답했다. 확신에 확신을 더한 얼굴이었다.

북쪽. 바로 여기…….

악령은 채선태에게 온다.

승우는 혈관을 타고 도는 맹렬한 한기를 느꼈다.

부적은 두 곳에 다 붙었다.

채선태에게는 침대 밑을 이용했고, 강수혁에게는 꼼수를 썼다.

노련한 석 반장이 이만홍 변호사 조사를 핑계로 중국집 내실로 데려가 신발 깔창 밑에 찔러둔 것이다. 규리의 신점에는 채선태가 먼저였지만 그렇다고 대비조차 않을 수 없는 일이었다.

강수혁 신변 보호는 석 반장이 책임지기로 했다. 그는 승우가 주문한 무술고단자 출신 형사들을 지원 받아 교대로 투입할 계획이었다.

그에게조차도 진실을 말하지는 못했다. 마음이 편치 않지만 별수 없는 일이었다.

저녁 무렵, 채선태 병실 앞의 승우에게 촉이 왔다.

"……!"

하지만 바로 멀어졌다. 가까이 오던 악령이 물러났다는 얘기였다. 아직 밖은 어둠이 내리기 전, 악령은 밤을 기대하는 모양이었다.

다라랑동동!

그때 승우의 전화가 요란하게 울렸다. 발신자는 오 부장이었다.

"지금요?"

—그래. 파란 집에서 출발을 했다는군. 지검장님이 빨리 자네 소재 파악하라고 난리라서…….

"그냥 부장님이 만나시면 안 됩니까?"

—이 사람, 저쪽에서 만나고 싶어 하는 사람은 내가 아니라 자네라네.

"하지만 지금 이쪽 상황이……."

—수사관들은 뒀다 뭐에 쓰나? 검사가 사소한 일까지 전부

나서는 것도 좋지 않아. 오래 걸리지 않을 테니 빨리 들어오게.

"……."

—송 검사!

"그러죠."

별수 없었다. 파란 집에서 오는 거라면 지검장도 안달이 났을 일. 더불어 오 부장 말에도 일리는 있었다.

사건!

물론 검사가 지휘한다. 하지만 모든 현장을 몸으로 누비는 건 아니었다.

"빨리 다녀올게. 여기 꼬마 아가씨 말 무시하지 말고… 무슨 일 생기면 바로 연락하고."

승우는 나수미에게 거듭 지시를 내리고 차에 올랐다.

부릉!

중고차는 그새 정이 들어 승우의 마음을 아는지 무거운 시동 소리를 냈다.

"수고 많았네!"

고풍스러운 한정식 집에서 수석 비서관이 말했다. 벌써 세 번째 듣는 치하였다. 그때마다 승우는 묵례로 답했다.

"수석께서도 검사 출신이시네. 서울지검장을 역임하시고 지난 대선 때 캠프에 합류하신 분이지."

지검장이 나서서 분위기를 띄웠다. 그래도 승우의 귀에는 들리지 않았다. 밖이 어두워지고 있기 때문이었다.

"어떤가? 미제 사건 전담 검사……."

수석이 물었다. 이 질문은 두 번째였다. 대통령이 이 일에 관심이 많다고 했다. 어쩌면 밑져야 본전이 아니냐고 했다. 그렇기도 했다.

대개는 10여 년 전후에서 흐르고 묻혀 버린 사건들. 시간만큼 증거를 보강할 확률도 낮아졌기에 성과를 올리지 못한다고 해서 검사를 탓할 사람은 없었다.

더구나 기획성 사업…….

접근법은 못마땅했지만 승우는 긍정적이었다.

이유는 거듭된 영적 사건 때문이었다. 만약 장기 미제 사건에도 영기가 개입된 게 있다면?

단 하나라도 건져 낼 수 있다면, 그건 승우만이 할 수 있는 일이었다.

"맡겨주시면 성심껏 진력해 보겠습니다."

그러니까 그만 끝냅시다.

승우는 몇 번이고 신호를 보냈지만 저희들끼리 들뜬 수석과 지검장은 거듭 술병을 추가했다.

결국 시간은 11시, 즉 자시까지 이르고 말았다. 다행스러운 건 나수미나 규리의 연락이 없었다는 점이었다. 물론 석 반장 쪽에도 이상은 없었다.

하지만 행운은 거기까지였다.

마지막이라는 술병이 한 병 더 늘어났을 때, 수석이 승우의 잔을 꽉꽉 눌러 따르고 있을 때, 승우의 전화기가 윙윙 진동 소리를 냈다. 승우는 시선을 화면으로 옮겼다. 잘 보이라고 바닥에 꺼내 둔 화면. 술을 몰래 버리는 물수건 옆에서 나수미의 이름으로 들어온 문자가 깜박거리고 있었다.

─긴급 상황 발생. 규리가 검사님을 불러달랍니다. 다급하다는데요?

윙윙!

문자는 한 번 더 들어왔다. 긴급 상황이 전개되는 모양이었다.

'어쩐다?'

그냥 일어서기는 어려운 자리였다. 그렇다면 방법은 하나뿐이었다.

"욱!"

승우는 헛구역질을 하며 배를 움켜잡았다.

"왜 그러나?"

수석이 물었다.

"죄송… 욱!"

승우는 입을 막으며 뛰어나왔다. 그런 다음 방에 들리란 듯 우엑, 우에엑 가짜 구역질을 해댔다. 잠시 후에 오 부장이 나왔다. 많이 마시지 않은 걸 아는 그였으니 뭔가 눈치를 차린 것이다.

"급한 일이 생겼습니다. 죄송합니다. 먼저 갑니다."

승우는 그 말을 남기고 차로 뛰었다. 오 부장은 승우를 잡지 못했다.

"허, 저 친구……."

오 부장은 한숨을 쉬었다.

일에 미치니 제대로다. 그러니 뭐라고 탓할 수도 없었다. 말이야 바른말이지 높은 양반 비위 맞추는 것보다야 사건 현장을 지휘하는 게 검사의 본분 아닌가?

안으로 들어간 오 부장이 핑계를 대주는 사이에 승우는 전화를 눌러댔다. 나수미가 전화를 받지 않았다.

'왜 안 받는 거야?'

조바심을 내며 재발신을 하자 그제야 받았다. 하지만 그 목소리는 비명에 가까웠다.

─애가 이상해요. 눈을 뒤집고 헛소리를 해대는데 건드리지도 못하게 해요. 그저 빨리 검사님을 불러달라고만…….

맙소사!

승우는 전화를 내던지고 경광등을 작동시켰다.

헛소리가 아니다.

접신!

어린 규리가 당차게도 악령과 맞서고 있는 것이다.

현재필의 악령과!

*　　　　*　　　　*

끼아아악!

바리케이트를 밀고 들어온 승우는 주차장에 급정거를 했다.

"검사님!"

나수미의 연락을 받았는지 차도형도 차에서 내리고 있었다.

"이봐요, 당신들……."

저만치서 주차원이 달려왔다.

"경찰에 고발할……."

삿대질을 하는 주차원의 얼굴에 신분증이 디밀어졌다.

"긴급 상황입니다. 잠시 후에 처리해 줄 테니 기다리세요."

차도형은 그 말을 남기고 뛰었다. 승우는 벌써 시야에서 사라지고 없었다.

"아저씨……."

부르기도 전에 민민이 허공으로 날아올랐다.

"민민……."

승우는 계단을 한달음에 올랐다. 엘리베이터가 방금 올라가 버린 까닭이었다.

"검은 코끼리의 왕을 꺼내주세요!"

민민은 서둘렀다. 혼자 남겨둔 규리가 걱정되는 모양이었다.

"안 돼!"

승우는 단칼에 거절했다.

"아저씨……."

"일단 상황을 보고……."

승우는 두 층 남은 계단을 박차고 올라섰다.

"……!"

병실의 복도는 텅 비어 있었다. 그리고… 살을 에이는 사나운 영기가 피부를 긁어댔다.

"악령이 가까이 있어요."

민민이 소리쳤다. 승우는 영력을 집중했다. 민민 말이 맞았다. 악령은 채선태의 병실에 있는 모양이었다.

"민민……."

호흡을 고르며 민민을 바라보는 승우.

"서둘러야 해요."

"알아. 하지만 이번에는 구경만 하기 바란다."

"아저씨. 규리가 힘들어하는 게 느껴져요."

"그것도 알아. 그러니까 너는 나서지 말라고……."

"아저씨……."

"한국 사람 잘 안 믿지?"

"……."

"이번에는 믿어다오. 내가 해결한다!"

"아저씨……."

승우는 민민의 빛을 잡아 손목에 붙였다. 저만치에서 차도형이 미친 듯이 달려오는 게 보였다.

"차 수사관!"

"예, 검사님!"

차도형은 숨을 헐떡이며 간신히 대답했다.

"여기 막아. 누구도 들여보내면 안 돼. 알았어?"

"예?"

"막으라고, 대통령이 와도 들여보내지 말란 말이야!"

"예……."

비장한 승우를 본 차도형은 별수 없이 대답을 했다. 뒤이어 승우, 거침없이 병실 문을 열었다.

"웃!"

방 안 가득한 요기(妖氣)가 승우에게 밀어닥쳤다.

승우는 입을 다물지 못했다. 현재필은 한마디로 지옥의 한 면을 숭덩 떼어 온 것 같았다. 엉기고 성긴 한이 투영된 그의 영기는 기괴한 형상을 이루고 있었다.

"와아압!"

승우는 미친 듯이 영력을 높여 요기를 밀어냈다. 겨우 시선을 고르자 병실 풍경이 눈에 들어왔다.

나수미는 기절.

규리는 좌정한 채 부적을 방패 삼아 악귀와 일대 혈투를 벌이고 있었다. 그리고 문제의 채선태 검사… 그는 침대 위에서 눈을 뒤집은 채, 등이 화살 모양으로 들려 있었다. 그대로 두면 꺾여 버릴지도 몰랐다.

"뭐하세요? 달아나기 전에 잡아요!"

눈을 뒤집은 규리가 들릴 듯 말 듯한 소리로 외쳤다.

"후읍!"

승우는 접신력을 끌어올렸다.

더, 더, 더!

극한으로 몰아치자 이내 태을신장의 기세가 탱탱해지기 시작했다. 악령은 채선태 위에 있었다. 요기의 진수를 이룬 악령이 채 검사 가슴팍에서 지옥의 힘을 펼치는 게 보였다.

보기만 해도 혼절할 것 같은 무시무시함이 거기 있었다.

'포승부……'

그 주위에 서린 애기선녀 부적의 영력이 느껴졌다. 애기선
녀 규리가 사력을 다해 악귀를 붙잡고 있는 것이다.

[막지 마… 막으면 다 죽어……. 다 죽는다고…….]

악귀의 소리가 영음(靈音)으로 전해왔다.

"너야말로 떨어지는 게 좋을 거야."

승우가 한 발 다가섰다.

[이런 놈들은 다 죽어야 해… 다…….]

"떨어져, 어서……."

승우의 손 위에는 붉은 기운이 팽팽하게 서렸다.

[쿡쿡쿡! 네놈… 인간이되 인간이 아니군…….]

"아마 지금은 그렇게 보일 수도!"

승우는 벌겋게 달아오른 태을신장의 기세를 악령을 향해
겨누었다.

푸화악!

태을신장의 영뢰가 악령을 향해 노도처럼 날아갔다.

[끼에엑!]

비명이 병실을 흔들더니 사음한 검은 연기가 피어올랐다.

"잡았어요!"

독경을 외우던 규리가 벌떡 일어섰다. 동시에, 등이 살짝 들
려 있던 채선태의 몸이 풀썩 침대로 떨어졌다.

"……?"

한 발 더 다가서던 승우의 미간이 확 구겨졌다.

아뿔싸!

뭔가 틀어진 걸 깨달은 승우가 재빨리 주변을 돌아보았다. 영력을 맞고 박살 난 건 현재필의 영기가 아니었다. 그건 그가 죽음으로 몰고 간 사건 관계자들의 영기였다.

재빨리 신방울을 꺼내 들었다.

짤랑짤랑!

방울은 침대 위에 자리 잡은 환풍기를 향해 울림 소리를 냈다.

'달아났어.'

승우의 등골에서 주르륵 식은땀이 흘러내렸다.

의료진이 달려왔다.

수습된 사람은 세 명이었다.

채선태, 나수미, 그리고 규리.

규리까지 쓰러지고 만 것이다.

승우의 요청에 따라 수미와 규리는 옆방으로 옮겨졌다. 채선태는 응급처치가 필요한 상황이었다. 다행히 의료진의 대응이 좋았다. 심장에 타격을 받았던 채선태는 점차 정상으로 돌아왔다.

문제는 규리였다.

어린 나이에 무리를 했다. 아무리 접신을 이룬 신통력을 지

넜다지만 이제 겨우 여섯 살. 사력을 다해 악령과 맞선 후유
증으로 정신을 차리지 못하고 있었다.

"……"

여린 빛으로 나온 민민은 규리의 머리 위에서 어쩔 줄을 몰
랐다. 그나마 다행인 건 심각하진 않다는 것. 영력을 소진하
면서 탈진에 이른 셈이니 시간이 해결할 일이었다.

"이것 참 의아하군요. 아까 회진 때까지만 해도 생생했는
데……"

다시 채선태의 방으로 가자 의사가 보호자에게 설명을 하
고 있었다.

"자칫하면 다시 심장마비로 큰일 날 뻔했습니다. 이것
참……"

의료진들 역시 이마에 식은땀이 넘쳐흘렀다.

그사이에 채선태가 정신을 차렸다.

"선배님……"

승우가 다가섰다.

"으헉!"

시야를 더듬던 채선태가 소스라침과 함께 몸을 움찔거렸
다.

"여보!"

채선태의 와이프는 시름이 가득했다.

"귀신… 귀신……."

채선태의 상태는 좋지 않았다. 허공을 보며 손을 내젓는다. 조금 전에 당한 악령의 잔흔이 정신 속에 남은 모양이었다.

"절대 안정이 필요합니다. 진정제를 처방해 드리겠습니다."

의료진은 다짐을 두고 병실을 나갔다.

"저기, 사모님……."

채선태의 와이프를 밖으로 내보냈다. 채선태와 할 말이 있었다. 와이프는 주저했지만 채선태가 거들었다. 그 역시 무의식과 의식의 경계선에서, 악령과 맞서는 승우를 보았기 때문이었다.

"그거……."

문이 닫기자 채선태가 입을 열었다.

"꿈이 아니었습니까?"

"아닙니다."

승우는 잠시 말을 끊었다가 다시 이었다.

"처음도 아닐 텐데요?"

"무슨 뜻이죠?"

"며칠 전 심장마비… 그때도 이 악령을 만나지 않았나요?"

"악령……. 그러고 보니… 그래도 그때는 이토록 무자비한 공포는 아니었던 것 같은데……."

채선태는 두 손으로 심장을 쓸었다. 조금만 늦었으면 다른 세상으로 가버렸을 채선태였다.

"어쩌면… 송 검사가 내 생명의 은인이로군요."

"선배님……."

"어이가 없군요. 믿을 수도 안 믿을 수도……."

"환풍기로 내려왔지요?"

"예… 처음에는 흐릿한 검은 연기였어요. 그러더니 뭉게뭉게 형상을……. 아아, 보기만 해도 사지가 찢어질 것 같은 그 흉상이란……."

"악령이 누군지 아시겠습니까?"

"아뇨… 지금도 믿기지 않는데 그걸 어떻게 알겠어요?"

"악령이 뭐라고 하던 가요?"

"죽어라……."

"죽어라?"

"그랬던 거 같아요. 찢어진 메아리 같은 소리로… 부러진 손톱으로 창문을 긁어대는 것 같은 소리로… 죽어라……."

"그 악령……."

승우는 핸드폰에 화면 하나를 띄웠다. 현재필이었다.

"이 친구입니다!"

"……!"

"본 적 있나요?"

"잘 기억나지 않습니다!"

채 검사가 고개를 저었다.

"현재필… 이름은 들어봤겠지요."

"현재필? 그것도……."

"기억하셔야 합니다. 그 사람은 검사님에게 피맺힌 한이 있으니까요."

"피 맺힌 한?"

"그럼 홍상두는 기억나나요?"

"그 이름도… 내가 기소한 사람 중에는 그런 이름이 없어요."

"기소하셔야 하는데 빼먹은 사람입니다."

"……?"

"설명을 드려야겠군요. 현재필… 담임여교사 성추행 살인 사건 범인으로 복역하고 나온 친구입니다. 이 친구는 무죄를 주장했지만 검찰에서도 법원에서도 받아주질 않았어요. 그런데 복역 중에 진범이 잡혔다는 보도가 나왔습니다. 그 사람이 바로 홍상두입니다."

"……?"

"그리고… 그 홍상두를 기소하지 않고 방면한 사람이 바로 선배님이시고요."

"……!"

채선태의 얼굴에 천둥벼락이 쓸고 가는 소리가 들렸다. 그로서는 청천벽력에 다름 아니었다. 차마 의식조차 하지 않고 있던 일이었다.

"그, 그런……?"

"말도 안 되겠죠? 저도 그렇다고 생각합니다."

"……."

"하지만 말이 되고 있습니다. 현재필의 혼이 복수를 하러 다니고 있지 않습니까?"

"그러니까 진범을 풀어주었다고 내게 복수를?"

"선배님만이 아닙니다. 현재필의 복수극은 어느새 종국에 이르렀으니까요."

"종국?"

"놀라지 마십시오. 당시 현재필 검거와 기소, 재판에 관련된 주요 인물 일곱 명 중 여섯 명이 당한 것 같습니다."

"……?"

"마지막으로 한 명이 남았죠. 강학봉 판사님… 아니, 이제 채 선배님과 강 판사님의 아들까지 노리는 것 같으니 적어도 세 명이겠군요."

"……."

"선배님, 아드님은 없죠?"

"그, 그렇습니다만……."

"그나마 다행이군요."

승우의 입에서 한숨이 밀려나왔다. 체크해 보니 다른 희생자들도 아들은 없었다. 그러니까 강학봉만이 아들을 가지고 있었다. 물론, 현재필이 딸이라고 그냥 놓아둘지는 의문이지만……

"그럼 어쩝니까? 귀신을 상대로 체포영장을 발부할 수도 없고……"

채선태가 물었다.

"방법이 있긴 합니다만……"

"뭡니까? 알려주세요."

"참회!"

"참회?"

"현재필의 혼에게 참회를 하는 겁니다. 그리고… 진범 체포 건은 제가 재수사를 할 테니 도와주세요. 그럼 악령의 한이 풀릴지도 모릅니다."

"말을 듣고 보니 생각나는데 그건 이미 혐의 없음으로 불기소 처분한……"

"여섯을 죽인 한입니다. 게다가 우리는 사건의 진실을 밝혀야 할 의무가……"

그 말은 조금 어색하게 나왔다. 전체 검찰 생활을 돌아볼 때 승우가 자신 있게 할 말은 아니었다.,

"그렇게 하면 악령이 나타나지 않는 겁니까?"

"달래봐야죠."

"달랜다고요?"

"제 소문 들으셨죠?"

승우가 묻자 채선태는 고개를 끄덕거렸다.

승우의 소문은 두 개.

하나는 개차반 막장비리 검사, 또 하나는 무속 전문 검사……. 채선태가 어느 쪽에 무게를 두고 끄덕거린 건지는 그만이 알 일이었다.

"다른 사람에게 말해봤자 웃음거리만 될 테니 선배님만 알고 계십시오. 다행히 제가 무속에 조예가 좀 있고 방매귀에 능통한 무당을 데려왔으니 믿고 따라주시면……."

"무당이라면… 그 꼬마 아가씨?"

"예……."

"그렇군요. 그 꼬마가 뭐라고 중얼거리자 심장을 누르는 악령의 힘이 약해졌어요. 이제 보니 송 검사가 보낸 사람이었군요."

"하시겠습니까?"

"하죠. 남의 일이라면 믿지 않겠지만 내가 당하고 보니 귀신 있단 말 허언이 아니로군요."

채선태는 승우의 제안을 받아들였다. 악령에 의해 저승의 문턱까지 두 번이나 갔다가 돌아온 몸이니 믿지 않을 수도 없는 것이다.

다행히 규리의 정신이 돌아왔다. 차도형의 귀띔을 받은 승우는 규리 병실로 옮겨갔다.

"아흠, 이제 괜찮네."

규리는 두 팔을 쭉 펴며 아무렇지도 않은 표정을 지었다.

"진짜 괜찮니?"

승우가 물었다.

"그런데 아저씨는 왜 그렇게 늦게 왔어요?"

규리는 찢어져라 눈을 흘겼다.

"미안. 어른들 세상은 좀 복잡하거든."

"아무튼 다행이에요. 조금만 늦었으면 저 언니도 위험할 뻔했어요."

규리의 시선이 옆 침대로 넘어갔다. 나수미는 아직도 깨어나지 못하고 있었다. 승우는 규리의 말뜻을 알았다. 악령들 앞에서 의식을 잃으면 빙의되기 쉽기 때문이었다.

"괜찮으면 옆방 검사님… 참회의 치성드리기 좀 도와줄 수 있을까?"

"참회한대요?"

"안 하면?"

"악귀가 받아줄까? 보아하니 뿔이 잔뜩 난 것 같던데……."

"위험하면 다른 방법을 찾아보고……."

"됐어요. 귀신 달래기야 무당 전공인데 뭘 찾아봐요? 대신 아무도 들어오지 못하게나 해주세요."

"그런데……."

"왜요?"

"악령 말이야. 우리한테 당했으니 다른 목표물로 가지 않을까?"

"그러게 한 방에 잡았어야죠."

"미안……."

"잠깐만요, 다시 한 번 알아볼게요. 내 보자기 어디 있죠?"

"여기!"

규리가 고개를 들자 민민이 먼저 날아가 청홍색 보자기 위에 앉았다.

"땡큐!"

깡총 침대에서 뛰어내린 규리가 보자기를 풀었다. 다시 촛불점을 볼 모양이었다.

하지만 악령은 승우와 규리를 기다려주지 않았다. 촛불을 당기기도 전에 석 반장에게서 전화가 걸려왔다.

─검사님, 돌발상황입니다요.

'돌발?'

승우의 촉각이 끝 간 데 없이 곤두섰다.

"말씀하세요!"

―강수혁이… 실험실 옥상으로 올라가더니 투신을 했습니다요. 다행히 발에 뭐가 붙은 듯 주저하는 사이에 수사관들이 덮쳐 떨어지는 다리를 잡는 통에 큰 비극은 면했습니다만…….

강수혁 투신!

악령이 그쪽으로 갔다는 뜻이었다.

그러나 다행히 규리의 부적이 효험을 발휘했다. 덕분에 주저했고 수사관들이 손을 쓸 수 있었던 것.

"규리야, 채 검사님 부탁한다."

승우는 황급히 복도로 뛰었다.

부릉!

막 거친 시동이 걸리는 순간, 병실 복도에서 규리의 목소리가 날아왔다.

"아저씨, 가면 안 돼요. 악귀는 여기 있어요!"

응?

승우의 눈에 미친 듯 손을 젓는 규리가 들어왔다. 그리고 보지 말아야 할 것도 보였다. 규리의 뒤에 비치는 검은 그림자…….

그 악귀였다.

4장

진범을 증명하다

"규리야!"

민민의 비명이 먼저 터져 나왔다. 그리고 섬광탄처럼 허공을 날아올랐다.

"민민!"

승우는 차 문을 박차고 나왔다.

"악!"

규리의 비명이 들린 건 거의 동시였다. 복도를 지나던 환자가 눈빛이 변하며 규리를 집어던진 것이다.

"규리야!"

"민민!"

허공에서 두 아이의 눈빛이 만났다. 추락하는 규리, 상승하는 민민. 민민은 그 몸을 날려 규리를 받으려 했지만 속절없는 짓. 영혼에 불과한 민민의 몸을, 규리는 그대로 통과해 버렸다.

"규리야!"

민민의 목소리가 서글프게 퍼져 나갔다.

하지만 거기 승우가 있었다. 낙하지점에 도착한 승우는 독수리의 눈으로 규리를 바라보았다. 그리고 추락하기 직전 간신히 몸을 받아냈다.

'후우!'

십 년은 감수했다. 규리를 받아 든 승우, 충격 완화를 위해 바닥에 굴렀으나 큰 상처는 입지 않았다.

"아저씨……."

"괜찮니?"

"악귀요… 악귀를 잡으세요!"

규리는 그 상황에서도 할 일부터 챙겼다.

"검사님!"

놀란 차도형도 한달음에 달려왔다.

"이 꼬마 아가씨 좀 부탁해."

승우는 병실로 뛰었다. 다행히 엘리베이터와 타이밍이 맞았다.

쾅!

다시 채선태의 병실 문을 열자, 아까와 비슷한 광경이 펼쳐져 있었다. 채 검사의 와이프는 혼절, 채 검사는 가슴을 쥐어뜯으며 거품을 뿜어댔다. 강직까지 일어난 상황, 초응급이었다.

"현재필!"

승우, 후끈한 영기를 작렬하며 다가섰다. 그러면서 오른손을 쭉 폈다. 민민의 신호를 받았기 때문이었다. 규리가 당하는 걸 본 민민도 화가 치민 상태였다. 승우는 검은 코끼리의 왕을 허공에 던져 놓았다.

"그 사람에게서 떨어져."

[참견하지 마… 이건 네 일이 아니야…….]

악령에게서 영어(靈語)가 건너왔다.

"너야말로 떨어져. 네 억울함은 알겠지만 그렇다고 이렇게 사람을 해치면 이들도 억울하긴 마찬가지야."

[이놈들은 억울할 거 없어. 뿌린 대로 거두는 거니까.]

"떨어져. 그렇지 않으면!"

최후통첩을 날린 승우의 온몸에는 태을신장의 노기가 가득했다. 그 위에 둥실 뜬 검은 코끼리 떼이디 역시 거침없는 포효를 뿜어댔다.

뿌오오!

그러자 악령은 힘없는 영기를 내세워 방패로 삼았다.

두 영기…….

현재필의 악령이 희생시킨 자들의 일부였다. 그러고 보니 현재필, 원한이 사무쳐 죽은 자의 영기까지 옭아맨 것 같았다.

그제야 강수혁이 당한 게 이해가 갔다. 지금까지 보인 영기는 다섯. 그러니까 하나가 빠졌다. 즉, 그 하나가 강수혁에게 날아가 홀린 모양이었다.

"아저씨, 내가 잡을게요."

후끈 달아오른 민민, 떼이디의 등에서 치고 나갈 자세를 잡았다.

"안 돼!"

승우가 민민을 막았다.

"왜요? 규리를 해쳤단 말이에요."

"알아."

"그런데 왜요?"

"넌 가서 규리를 지켜라. 아직 모르나본데, 진짜 코리아 남자는 여자를 지키는 거거든. 가끔 얼빠진 자식은 빼고…….'

승우가 나섰다. 어린 민민에게 짐을 지우고 싶지 않았다. 무엇보다 이참에 태을신장의 힘을 확인하고도 싶었다. 그래야

앞으로 더한 악령을 만나더라도 정확하게 대응할 수 있기 때문이었다.

"알았어요. 조심하세요."

민민, 착하게도 문틈을 비집고 날아갔다.

꾸룩!

그사이에 두 영기가 느리게 다가섰다. 승우는 작심하고 신장의 영풍(靈風)을 뿜었다.

끼이에!

영기는 몸부림을 쳤지만 악기는 꺾이지 않았다.

한 번 더!

영풍이 몰아쳤다. 그래도 영기는 완전히 사라지지 않았다. 그걸 본 악령이 기세를 올렸다.

[죄악을 사멸하는 천상의 냄새를 풍기길래 조심했는데 이제 보니 별것 아니군.]

채선태를 휘감고 있던 악령이 또아리를 풀었다.

'왔다!'

승우가 노리던 순간이 왔다. 악령이 채선태에게서 떨어지기 무섭게 승우의 영무(靈武)가 동서남북 벼락의 줄기를 이루며 쾌속으로 뻗어나갔다.

콰자작!

[끄어어!]

창졸간에 기습타를 맞은 악령의 신음이 찢어질 듯 터져 나왔다. 이어, 승우가 손을 휘젓자 낮은 바람이 몰아쳤다. 두 영기는 그 바람 앞에서 흩어지고 말았다. 아까보다 약한 바람, 그러나 더욱 강력한 위력. 그건 승우의 계산이었다. 채선태에게 붙은 악령을 떼어놓기 위해 일부터 약한 척했던 것이다.

"별것 아닌 맛 한 번 더 보셔야지?"

승우는 신력을 끌어올려 꿈틀거리는 악령을 순식간에 직격했다.

꾸어어!

악령이 신음과 함께 자지러졌지만 그것으로 그치지 않았다. 붉은 섬광이 거푸 날아가 악령의 중심을 타격한 것이다.

악령은 신음도 없이 늘어졌다.

"아저씨!"

문이 열리며 규리와 민민이 들어섰다. 그 뒤로 차도형도 보였다.

"차 수사관, 가서 나수미 씨 좀 확인해."

승우는 차도형을 내보냈다. 그런 다음 민민을 향해 말했다.

"마무리는 네가 해도 좋아. 네 여자친구를 위해서!"

승우가 손바닥을 내밀었다. 허공에 떠 있던 민민은 작은 손을 내밀어 승우의 손바닥과 마주쳤다. 그리고 떼이디를 무섭게 몰아쳤다.

뿌오오!

숨결을 들이마신 떼이디의 입에서 검은 바람이 궤적이 되어
날아갔다.

[꾸우우우!]

완전하게 결박된 악령의 신음이 들릴 듯 말 듯 늘어졌다.

"우와, 민민, 굉장한걸?"

규리의 눈에도 그 장면이 보인 걸까? 두 주먹을 불끈 쥐어
보였다. 당당하게 허공을 맴돌던 민민이 친디를 꺼내 들었다.
마무리를 할 시간이었다.

"잠깐만!"

민민을 말린 승우는 채선태부터 확인했다. 그의 눈은 다시
뒤집혀 있었다. 하지만 숨소리는 그리 나쁘지 않았다. 승우는
악령에게 다가섰다.

"현재필······."

[꾸우······.]

"네 할머니가 나를 찾아왔었다."

[꾸우······.]

악령의 검은 영기는 맥없는 허덕임을 반복하고 있었다.

"담임 선생을 죽이지 않았다고?"

[꾸우우······.]

신음과 함께 악령이 고개를 끄덕였다.

"그럼 그때 왜 범행 장소에 있었나?"

[…….]

"그렇게 한이 깊으면 할 말은 하고 가야지."

[선생님께… 구차한 오해가 있었어……. 그걸 설명하고 싶었는데 기회가 마땅치 않아서……. 시간이 나면 선생님 집 근처에 갔었을 뿐이야…….]

"오해? 어떤?"

[알 것 없어…….]

"……."

[감방 동기 말처럼 어쩌면 내가 재수가 없었던 건지도 몰라. 선생님 차가 있길래… 다가갔는데… 안에 선생님이 쓰러진 것 같아서… 걱정이 되어 문을 열었는데… 죽어 있었거든.]

사건의 최초 신고자는 현재필이었다. 그게 사실이라면 그는 오지게 덤터기를 쓴 꼴이었다.

"검사의 한 사람으로 미안하게 되었다."

[꾸우…….]

"하지만 그렇다고 이렇게 많은 인명을 해쳐서는 안 되지. 네가 죽인 사람이 자그마치 여섯이야."

[꾸우…….]

"한이 그토록 컸나?"

[당신도 검사 새끼가 분명하군. 죽은 내게까지 누명을 씌우는 걸 보니…….]

악령이 치를 떨며 풀썩 자지러졌다.

"누명이라고?"

[여섯이 아니고 하나… 너희 종자들하고 따지고 싶지도 않지만…….]

"하나?"

[죽어버린 건 모두 일곱… 하지만 그중 여섯은 제풀에 놀라서 죽었지. 내 모습을 보기만 하면 경기를 하더군. 그런 주제에 약한 나에게 군림하던 꼴이라니…….]

"무슨 소리냐?"

[진실을 말하는 거야. 너희들에게는 아무 가치도 없지만 나에게는 중요했던 진실…….]

"……."

[복수하고 싶었지만… 그러기도 전에 제풀에 죽어버리는 인간들… 그래서 한 놈밖에 죽이지 못했어. 서득수 검사… 그것도 다른 놈들의 영기를 미끼로 내세운 후에야…….]

"나를 속이려고? 서득수는 판사들에 앞서 죽었어. 네가 다른 희생자의 영기를 미끼로 삼았다면 판사 둘도 죽였어야 아귀가 맞지."

[판사 놈들이… 심약해 빠졌기 때문이지. 그들은 허접한 영

기를 보고도 거품을 물었어. 맥 빠지는 일이었어.]

"그래서 서득수만 네가 죽였다?"

[최악을 생각하면 최상이었지. 그 새끼는 나를 벌레 취급했던 놈이니까. 결과도 만족스러웠어. 다른 사람은 몰라도… 그 새끼만은 내 손으로 찢어버리고 싶었거든.]

만족…….

그 단어에 서득수의 참극이 겹쳐 왔다. 졸음 운전으로 추측되던 그의 참변……. 형체를 알아보기도 힘들 만큼 무참하게 뭉개졌던 그의 시신…….

"그렇다고 해도 어째서 일곱이지? 희생자는 여섯 아닌가?"

승우, 숫자가 맞지 않자 되물었다.

[일곱이… 맞아.]

악령은 신음과 함께 말했다.

[일곱? 그럼 강학봉이 죽었단 말이냐?]

"아니……."

"아니야? 그럼 누구?"

강학봉이 아니면 남은 건 강수혁이었다. 하지만 그는 아직 죽지 않았다. 죽었다면 석 반장에게서 전갈이 왔을 일이었다.

[서창식…….]

"서창식?"

모르는 이름이 튀어나왔다.

"그는 누구지?"

[교도소 감방장…….]

"……."

[무전유죄……. 교도소에서도… 지옥이었어. 감방장 놈이… 호모였거든……. 교도관에게 말했는데… 조치해 주지 않았어.]

"……!"

그 말을 듣는 순간, 또 하나의 의문이 꼬리를 물었다.

"그렇다면 진범은… 진범은 왜 그냥 둔 거지? 그놈이야말로 이 모든 오해의 출발점 아니었나?"

[그렇지… 그런데 교도소에서… 나는 진범을 몰랐어. 그렇기 때문에 나를 범인으로 본 형사들과 검사, 판사에 대한 증오심만이 쌓였지. 그래서 그들만 살생부에 올렸던 거야……. 물론… 그들을 다 처치하면 그놈도 결국 집행하게 되었겠지만…….]

"……."

[아무튼… 남은 세 놈은 꼭 내 손으로 죽이고 싶었는데… 네가 다 망쳤어…….]

"망친 게 아니라 너를 살린 거야."

[……?]

"할머니의 바람……. 알고 있지?"

[할머니…….]

그 단어를 들은 악령이 파르르 떨었다. 엄마 없이 할머니 손에서 자란 아이. 그런 할머니를 위해 알바 첫 월급으로 할머니 내의를 사왔던 아이……. 천성은 착한 아이였음이 반증되는 순간이었다.

"네 걱정을 하고 있어. 네 결백이 밝혀지는 것도……."

[그런 거… 이제 기대하지 않아…….]

"아니!"

승우가 고개를 저었다.

"가끔은 기적도 있는 거야."

[그럴까? 저 인간… 겉으로는 참회를 하고 있지만……. 내가 사라지면 언제 그랬냐는 듯 가난하고 빽 없는 피의자들을 능멸할걸?]

"네 결백을 밝혀줄 사람은 나야!"

[……?]

"내 이름은 송승우, 아직 별 볼 일 없는 이름이지만 이름 걸고 약속하마. 네가 정말 결백하다면 그 결백은 내가 밝혀준다."

[당신이?]

"네 할머니 앞에 맹세하마. 그럼 됐지?"

[…….]

"그러니 회한일랑 모두 접고 편안히 쉬어라. 네 할머니를 위해서……."

[참회를 할 거면… 내 할머니 앞에 가서 하라고 해. 그러면… 나보다 더 기뻐할 분이니까.]

"네 뜻은 전해주겠다."

[할머니… 돈 많이 벌어서 자석 목걸이 사드리고 틀니도 해드리고 싶었는데…….]

악령이 웅얼거렸다. 그에게서는 더 이상 사나운 악기(惡氣)가 느껴지지 않았다.

자석 목걸이, 틀니…….

두 단어가 승우의 가슴을 저미고 들어왔다. 나면서부터 악당이 어디 있단 말인가? 이 악령, 그가 죄를 짓지 않았다면 사법부가 소년의 꿈을 앗아가 흉물로 만든 꼴이었다. 그 소박한 꿈을… 저 작은 소망을 저토록 흉물스럽게…….

"민민, 거둬라!"

승우, 그 말을 남기고 돌아섰다. 그리고… 어깨 너머로 들이치는 궤적의 무리를 느꼈다. 악령은 저항하지 않았다. 몸부림도 없었다. 친디의 목으로 빨려들던 악령이 남긴 마지막 말은 단 한마디, 할머니였다.

할머니…….

우울했다.

악령을 처리한 기분치고는 꿀꿀하기 짝이 없었다.

예단과 선입견…….

원인은 그것 때문이었다.

서득수와 판사들은 선입견의 포로였다.

'딱 보니 범인이네.'

그 감정의 포로가 된 것이다. 때로는 예감이요, 또 때로는 촉이 되기도 하는 예단. 그러나 잘못 쓰이면 눈을 가리는 암적 존재에 다름 아니었다.

그런데… 따지고 보니 승우도 다르지 않았다. 승우 역시 못된 예단으로부터 출발했다.

'희생자 여섯은 현재필의 악령이 죽였을 것.'

그게 바로 그것이었다.

한 명이 추가되어 일곱이 된 사건. 그러나 정작 현재필이 직접적으로 복수를 한 건 한 명. 현행법에서도 살의를 가진 것만으로는 처벌이 되지 않는다. 그러니 '예단'의 치부가 무겁기만 한 승우였다. 아울러 산 교훈을 얻은 기회이기도 했다.

오전 열 시가 넘자 지검에 두 명의 형사가 도착했다. 석경태가 그들과 동행했다. 두 형사는 진범을 잡았던 경찰관들. 승우의 긴급 소환에 응한 것이다.

그 이전에 서창식의 죽음이 사실로 밝혀졌다. 그 또한 쇼크에 의한 심장마비였다. 조금 특이한 건 20대 청년 위에서 죽었다는 것. 소위 말하는 복상사였지만, 여자 위가 아니라는 게 달랐다. 사망 일자는 현재필의 자살 익일이었다.

사망 일자로 현재필의 한의 깊이와 순서를 가늠하기는 어렵지만 제일 먼저 복수의 칼을 뽑은 것으로 보아 그에게 맺힌 한도 작지는 않을 것 같았다.

"송승우입니다!"

조사실에서 승우가 손을 내밀었다. 승우는 피곤했지만 내색하지 않았다.

조금 전 승우는 현장 확인을 마치고 왔다. 악령을 제압한 승우, 이제 남은 건 진범에 대한 증거 보강이었다. 그 일환으로 사건 현장에 들렀다. 민민과 함께 영기를 확인했다. 당시에는 CCTV도 없던 골목. 하지만 귀신은 있을 수도 있었다.

기대는 빗나갔다. 신방울까지 동원했지만 감지되는 건 한 자락 남은 여교사 영기의 흔적뿐이었다. 따라서 영적인 수사는 어젯밤으로 끝난 셈이었다. 이제는 오롯이 검사로서 증거를 찾아내는 수밖에 없었다.

"담임 여교사 성추행 살인 사건… 진범을 두 분이 체포하셨다고요?"

창가에 선 승우가 질문을 시작했다.

"예, 제가 잡았습니다."

나이 지긋한 형사가 손을 들었다.

"송치 서류는 대략 검토했습니다만 설명을 부탁드립니다."

"오면서 석 반장님께 대략 얘기는 들었습니다. 현재필 자살은 유감입니다."

노형사가 설명을 시작했다.

─진범 홍상두!

덩치가 좋은 그는 지역 토박이 양아치였다. 성매매를 알선하다가 말을 듣지 않는 여자에게 상해를 입혔다. 그리고 도주 생활을 하다 만취 상태에서 검거가 되었다. 술김에 죄를 영웅담처럼 나불거린 게 화근이었다.

신고가 들어오자 두 형사가 출동했다. 그들이 바로 이들이었다. 조서를 꾸미다 여죄를 추궁했다. 술 취한 홍상두의 입에서 놀라운 사실이 밝혀졌다. 그가 바로 여교사 성추행 살인의 진범이라는 것.

"처음에는 믿지 않았습니다. 수사 자료를 보니 이미 범인이 잡혀 복역 중인 사건이더라고요. 그런데 진술이 구체적인 거예요. 술에 취했다지만 헛소리는 아니었습니다."

노형사가 밝힌 범행 과정은 이랬다.

당시 갓 제대하고 백수였던 홍상두. 친구들과 맥주를 마시고 모자를 눌러쓴 채 알딸딸하게 귀가하던 중이었다. 당시 홍상두의 집은 현장에서 멀지 않았다.

현장에 가까워진 홍상두는 소변이 마려웠다. 쓸 만한 장소를 찾던 홍상두는 눈이 번쩍 뜨였다. 담벼락에 주차된 경차…… 그 유리 안에서 드러난 여자의 하얀 허벅지 때문이었다.

당시 여교사는 짧은 원피스를 입고 있었다. 더구나 운전석에 앉은 자세. 원피스가 말려 올라가 허벅지가 죄다 드러난 상태였다.

'웬 떡이냐?'

홍상두, 젊은 욕정에 끌려 살금살금 차에 다가섰다. 여교사가 통화를 하는 사이 동안 홍상두는 변태적 훔쳐보기로 후끈 달아오르고 있었다. 사타구니에 불끈 텐트를 친 젊은 욕정. 주변에 인적까지 보이지 않자 그는 결국 넘지 말아야 할 선을 넘어버렸다. 조수석 문을 잠그지 않은 것도 여교사의 불운이었다.

느닷없는 습격에 놀란 여교사는 반항하지 못했다. 홍상두가 목을 눌렀기 때문이었다. 허둥거리던 홍상두는 여교사가 늘어지자 옷을 걷어 올렸다. 그런데…….

"좀 이상해서 고개를 들어보니 여자가 죽은 것 같다더군요. 그래서 겁을 먹고 그냥 나왔답니다."

노형사의 상황 묘사가 끝났다.

"그건 이상하군요. 그렇다면 사망 당시 차량에서 지문이 있었을 거 아닙니까?"

"그렇잖아도 그걸 캐물었더니 몇 걸음 가다가 켕겨서 돌아가 닦았다는 겁니다."

"침착한 성격이군요?"

"그건 아니고… 그놈 주변에 별들이 수두룩합니다. 그러니 평소에 주워들은 게 있었던 모양입니다. 설령 여자가 안 죽었다고 해도 신고하면 성폭행 미수로 걸릴까 봐……."

"그게 전부인가요?"

"이 형사, 다른 거 더 생각나는 거 있어? 나는 늙어서 머리가……."

노형사가 중년의 형사를 바라보았다.

"말로는 자수를 생각했다고 하더군요. 그런데 범인이 잡혔다길래 그만두었다고 했습니다. 하늘이 자기를 구한 건가 싶어서……."

"미친……."

승우의 입에서 욕설이 튀어나왔다.

"그게 전붑니다. 사실은 우리끼리도 좀 이견이 분분했었죠. 진범이 복역하고 있는 사건이라 애매모호한 측면에 사고 차량은 최초 사건 이후에 폐기되었고… 근처 CCTV 같은 게 있다고 해도 시간이 많이 흘러 보강수사도 할 수 없고… 진술을 중심으로 현장검증을 마치고 검찰에 송치했는데 채 검사님이 검토하더니 불기소 결정을 하더군요. 우리도 사건이 많은 데다 애당초 범인이 잡힌 사건이니 그런가 싶어 끝내고 말았습니다."

"그랬군요."

승우는 혼자 고개를 끄덕거렸다.

시간… 먼지처럼 부서져 나간 시간. 그게 문제였다.

다음으로 현재필 검거 상황을 체크했다. 그를 검거한 세 명의 형사는 이미 저 세상으로 간 상황. 하지만 같은 팀으로 근무하던 사람들이 있었다.

"현재필을 범인으로 단정한 이유가 있었을까요?"

전화 수배가 된 사람은 당시 함께 근무하던 형사였다. 질문을 받은 형사는 한참 동안 기억을 더듬었다. 그는 완전히 잊어버린 사건이라고 했다.

─내 기억으로는… 우선 차에서 지문이 나왔고……. 그 친구가… 칼! 맞아요. 칼을 가지고 있었죠, 아마? 또… 오른 손톱에서 피살자의 표피가 미량 나왔고… 게다가 그 부근을 이따금 배회했다는 목격자들이 있었습니다. 그 목격자는 내가 지원을 나가서 만났기 때문에 기억하고 있습니다.

"지문은 그 친구가 최초 신고자였지 않습니까? 게다가 표피가 묻은 이유에 대해서는 조서에 따로 피의자 진술이 있고요."

─그거야 핑계일 수도 있지요. 현장에 있다 보면 그런 경우는 셀 수도 없이 많습니다.

"수사 과정에서 가혹 행위는요? 솔직히 말해주세요."

─그건 내가 조서 받은 게 아니라서……. 그런데 죽은 장 형사가 좀 다혈질이라 가혹 행위는 있었을 겁니다.

"고맙습니다."

승우는 전화를 끊었다. 이어 당시 팀장에게 재확인을 했다. 그 역시 현재필을 기억하고 있지 않았다. 그의 대답도 형사와 비슷했다. 통화를 끝낸 승우는 석 반장을 호출했다.

"경찰 수사에서 가혹 행위의 정도는 어떤가요? 솔직히 말씀해 주시면 고맙겠습니다."

"어허, 그거 대외비인데……."

"그럼 검찰부터 치부를 까볼까요? 우리도 필요하면 가혹 행위 합니다. 특히 저 같은 경우는 좀 쎄죠."

"허헛, 송 검사님은 화끈하시다까……. 뭐 그렇게 나오시면 우리도 하지요. 다는 아니지만 일부 직원들은 사람 봐가면서 합지요."

"돈 없고 빽 없는 사람요?"

"그렇기도 하고… 인간이 워낙 싸가지가 없어도. 경찰도 결국 인간이니깝쇼."

"현재필이 같은 경우는 가혹 행위를 당했을 가능성이 높군요. 가난하고 세상 물정 모르는데다 전과자 아버지……."

"아마……."

"고맙습니다."

탁!

문소리와 함께 석 반장이 나갔다.

세월이 야속했다.

당사자는 긴 세월 속에서 오히려 칼을 버렸고, 관련자들은 세월 속에서 나날이 무뎌져 갔다.

기억은 바래지고 침식되었다. 남은 건 현재필이 범인이라는 재판 결과뿐이었다.

홍상두!

신원 조회에 의하면 그는 개명을 하고 유유자적 살고 있었다. 왜 아니겠는가? 때늦게 범행 일체를 자백했는데도 처벌을 받지 않았다. 말하자면 검경이 면죄부를 준 꼴이었다.

승우는 생각했다. 소환이나 검거는 문제가 아니었다. 당장이라도 수갑을 채울 수 있었다. 하지만 그 후가 문제였다. 범행 자백일로부터 또 많은 시간이 지난 상황. 자백만으로는 증거불충분이 될 공산이 컸다. 그렇게 되면 또 한 번의 면죄부를 안기게 되지 않는가?

홍상두야말로 이 모든 비극의 발원지.

'그건 안 되지.'

승우는 고개를 저었다. 면죄부는 한 번 준 것만으로도 검경에게, 이미 치명적이었다.

'이때로 돌아갈 수 있다면……'

당시의 서류 뭉치를 잡은 승우의 한숨은 깊고도 깊었다. 마음은 간절하지만 결정적인 한 방이 없는 것이다.

한 방!

승우는 격투기 선수처럼 왼손을 쭉 뻗었다. 진범에게 날리고 싶은 주먹. 저쪽 거울에 그 자세가 비쳤다. 오른손잡이가 왼손을 날린 자세라 엉성했다. 피식 헛웃음을 웃으며 팔을 접을 때 부검 사진이 눈에 들어왔다.

경부압박에 의한 질식사!

사망자의 목에 남은 선명한 압박 상흔……. 거기에 꽂힌 승우의 눈은 한동안 움직이지 않았다.

어렵다. 손을 들까?

아니지…….

승우는 고개를 저었다.

어렵다는 건 최소한 절반은 왔다는 얘기였다. 절반을 오면 고민하게 된다. 계속 갈까? 아니면 돌아설까? 이럴 때 조금만 참으면 쭉 가게 되어 있다. 인간의 심리가 그랬다.

포기하는 대신 집중했다.

한 방, 오른손, 피살자의 얼굴, 목에 남은 손자국…….

승우는 현재필과 홍상두의 체격을 생각했다. 홍상두 압승이다. 그렇기에 여교사가 쉽게 죽었을 수도 있었다.

어쩌면 여교사, 강한 힘에 눌리며 어깨와 엉덩이 쪽에 많은 표피박탈이 있었을 것이다. 하지만 실험을 할 수 없다. 현재필이 이 세상이 없는 까닭에.

남은 것 중에서 가능한 것.

승우는 불리한 조건을 따라 안으로 디테일하게 들어갔다.

누구든 상대의 경부를 압박하려면 손으로 목을 조여야 한다. 어느 쪽에 힘이 더 들어갈까?

"오른손잡이는 당연히 오른손… 왼손잡이는 왼손……."

웅얼거리던 승우의 눈빛이 거기서 멈췄다. 그리고 미친 듯이 조사실을 박차고 나갔다.

"차 수사관, 국과수에 연락해서 이 사진 파일 좀 넣어달라고 해. 지금 당장!"

승우의 목소리는 작은 희망과 닿아 있었다.

사진이 들어오지 않았다.

담당자가 연가라는 게 이유였다.

연가?

물론 이유가 되어서는 안 된다. 하지만 이 건은 달랐다. 10여 년도 넘게 지난 사건 사진이니 따로 보관이 되고 있었던 것. 별수 없이 승우가 직접 국과수 분원장에게 전화를 넣었다.

결과를 기다리고 있을 때 오 부장이 사무실로 들어섰다.

"바쁘군?"

오 부장은 짧은 한마디를 남기고 소파에 앉았다.

"오셨습니까?"

"잠깐 앉게."

"누가 부장님 차 좀 드려요."

승우가 수사관들을 바라보았다.

"아아, 내 신경 쓰지 말고……."

오 부장은 차를 사양했다.

"진도는 좀 나가고 있나?"

"예……."

승우는 두 명의 목숨을 살렸다. 그럼에도 그건 일일 보고에서 빠져 있었다. 그저 두 사람에게 닥친 의문의 사고 상황으로 전할 뿐이었다.

"청와대는 신경 쓰지 말게. 어제 자리도 잘 이해가 되었네."

솔직히 신경 안 씁니다.

승우는 소리 없이 대꾸했다. 승우의 머리에는 청와대의 '청' 자도 없었다.

"자네가 세게 나오길래 현재필 사건을 정밀 검토를 했네."

"……."

"초동수사에서 너무 관행적인 냄새가 나더군. 지나치게 각본이 잘 맞는 사건에서는 간간이 무리한 피해자가 나오기도 하지."

"예……."

"너무나 명백해 보이는 사건이더군. 예쁘고 섹시한 여선생에게 흑심을 품고 쫓아다니는 불량 학생, 아버지는 전과자……. 게다가 범인은 살인 현장에 있었고 차에는 지문. 그리고 자백까지……."

"……."

"오랜만에 셜록 홈즈의 말을 상기해 보았네."

'셜록 홈즈?'

수사에서 많이 인용되는 이름이었다. 그의 빛나는 추리는 과학수사의 한계를 더러 보완하는 요소가 되는 까닭이었다.

"불가능한 요소를 모두 없애고 난 후에, 제아무리 믿을 수 없는 것이 남는다 해도 그것이 진실이다!"

"……."

"오래전 사건이라 물증 잡기 쉽지 않지?"

"예……."

"그럼 가장 기본적인 요소를 디테일하게 짚어보게. 가장 완벽해 보이는 단서가 때로는 가장 모순을 가지고 있을 수도 있으니까."

"명심하겠습니다."

"내가 괜히 시간만 뺏었지?"

"아닙니다. 제게 믿음을 주셨습니다."

"믿음?"

"신념의 방향을 믿고 가라는 믿음요."

"사람……"

오 부장은 승우의 어깨에 힘을 실어주고 나갔다. 어깨에 머문 부장의 체온은 따스했다.

믿음!

승우의 말은 사실이었다. 지금 승우가 시도하는 재분석. 당시 부검 팀의 특별한 소견도 언급되지 않은 일들. 어쩌면 선후배 검사들은 물론 같이 일하는 수사관들조차 애처로운 몸부림으로 볼 수도 있었다.

"아주 쌩쑈를 하는구나."

"한 건 올리더니 오버도 작작해야지."

이렇게들 입방아를 찧겠지.

그럴 테면 그러라지.

승우는 개의치 않았다.

"아, 이 자식들, 왜 이렇게 꾸물거리는 거야? 아, 담당자 없으면 사진도 못 찾나?"

승우의 마음을 아는지 차도형이 전화기를 바라보며 씩씩거렸다.

사진은 두 시간도 더 지나서야 전송이 되어왔다. 모두 일곱 장이었다. 바로 컴퓨터에 걸고 확대 출력을 했다. 승우와 수사관들은 눈에 불을 켜고 단서 찾기에 돌입했다.

육안으로는 이렇다 할 차이가 보이지 않았다. 별수 없이 대검의 특별분석반에 넘겼다. 사건 당시에 비해 현란한 발전을 이룬 디지털 포렌식. 그중에서도 카메라 기반 탐지와 디지털 영상 픽셀 분석 등은 기대 이상의 성과를 낸 적이 많았다.

그때, 사무실에 낯익은 얼굴이 들어섰다. 방호원이 데려온 현재필의 할머니였다.

"들어오세요."

조사실로 모시곤 간 승우가 문을 열었다.

"수사는 잘되고 있나요?"

"예. 증거가 보강되는 대로 체포에 나설 겁니다."

승우는 자리를 권했다.

"수고가 많으시네요."

할머니는 박카스를 꺼내더니 겨우겨우 뚜껑을 열었다. 그러더니 승우에게 내밀었다.

"쭈욱 드시고 하세요."

"예……."

먹고 싶은 마음은 없지만 받아 들었다.

"이거… 이삿짐 정리하는데 애기 가방에서 나왔어요. 겉옷으로 가린 채 벽에 걸려 있어서 몰랐던 건데 혹시 도움이 될까 싶어서……."

할머니가 내민 건 작은 노트였다.

영영고등학교 3학년 6반 현재필.

손때가 잔뜩 묻은 노트는 10년도 넘은 것이었다.

주르륵 넘겨 보니 시간이 이어지고 있었다. 출소 후에 이어 적은 글들이 보인 것이다.

"참고하겠습니다."

"그럼 늙은이는 방해만 될 테니……."

할머니는 꾸벅 인사를 하고 물러갔다.

"대검에서 결과 통보 안 왔나?"

급한 마음에 또 채근을 했다. 아직이라는 차도형의 대답이 수화기를 건너왔다.

날숨을 토한 승우는 노트를 넘겼다. 양은 많았다. 때로는 일기처럼 또 때로는 단상(斷想)을 적은 메모장처럼…….

몇 장을 넘기던 승우의 시선이 한 단어에서 멈췄다.

오늘 나는 변태가 되었다.

변태.

그 단어 아래에 밑줄이 두 번이나 그어져 있었다. 다행히 변태에 대한 사연도 몇 줄 보였다.

발단은 여교사의 손수건이었다. 손수건… 현재필이 가지고 있는 통에 의심의 한 자락이 되었던 그 손수건……. 증거 사진이 떠올랐다. 손수건은 붉은 모란 문양이었다.

현재필은 그걸 주웠다.

신임 영어선생이었던 여교사. 작년 잠시 담임이었던 그녀. 공부 못하는 학생이었던 현재필에게는 교도소처럼 느껴졌을 수도 있는 고3……. 그녀의 발랄하고 싱그러운 모습이 현재필의 숨통을 틔웠다.

그러던 어느 날, 복도에서 그녀를 보았다. 그녀는 다른 반의 수업을 들어갔다. 그때 흘린 손수건이었다. 줍긴 했지만 돌려줄 수 없었다. 다른 반 교실에 들어간 그녀를 따라 들어갈 수 없었기 때문이었다.

같은 학교지만 돌려줄 기회는 쉽게 오지 않았다. 교무실로 가면 간단했겠지만 현재필은 그곳이 싫었다. 현재필은 이따금 손수건을 꺼내 냄새를 맡았다. 여교사의 냄새가 좋았다. 그러던 어느 날, 복도에 서 있다가 여교사에게 딱 걸리고 말았다. 그것도 손수건의 냄새를 맡는 중에.

오해…….

그녀의 눈에 그게 불붙고 있었다. 그럴 소지가 있었다. 하필이면 창턱에 몹쓸 전단명함이 몇 장 있었다. 친구들이 유흥가 주변에서 주워와 장난치다 놓고 간 명함 몇 장……. 그 전단지에서 일본 AV 배우들이 야릇한 포즈를 취하고 있었던 것이다. 여교사의 시선은 딱 거기 머물고 있었다.

변태!

여교사의 표정은 그렇게 말하고 있었다.

맙소사!

현재필은 얼른 명함을 가렸지만 산통은 깨진 후였다.

여교사는 손수건을 뺏어 현재필의 얼굴에 던졌다. 졸지에 불량학생으로 낙인찍히는 순간이었다. 이건 당시 교사들의 증언에서도 나온 말이었다.

"그놈, 알고 보니 문제가 있었어요."

그 증언 역시 현재필을 범인으로 모는 선입견에 한몫을 했다.

천국에서 지옥으로!

작은 즐거움은 좌절로 바뀌어 현재필의 가슴을 찔렀다. 이제는 손수건이 문제가 아니었다.

현재필은 설명하고 싶었지만 기회도 없었고, 방법도 몰랐다. 덩치만 훌쩍 큰 소년은 여교사 주변을 맴도는 게 고작이었다. 어쩌면… 어쩌면 오해를 풀 기회가 올까 싶은 마음에…….

오해…….

악령이 해명하지 않은 이유를 알 것 같았다. 사소한, 너무나 사소한, 그러나 치명적인, 당시의 현재필에게는 너무나 사소해서 치명적인……. 그래서 더욱 입에 올리기 어려운 말이었다.

승우는 어둠이 내린 창밖을 보았다. 어느새 퇴근 시간이 된 모양이었다. 여기저기서 가로등이 기지개를 켜고 있었다. 제법 흐려진 하늘을 밝히는 가로등은 촛불처럼도 보였다.

'작은 오해에서 비롯된 일…….'

오해는 바다 같은 비극을 낳기도 한다.

승우는 예전에 도서관에서 읽은 서정주의 신부를 상기했다. 그 작품의 주제도 오해였다.

옛날, 한 남자와 여자가 혼인을 했다. 신혼 첫날밤, 숙맥인 두 사람이 마주앉았다. 붉어진 볼을 따라 그저 시간만 흘러갔다. 촛농만 흘러내렸다.

그러다 남자, 오줌보가 탱탱해지면서 요의를 느꼈다. 슬그머니 일어나 뒷간에 가려는데 문 돌쩌귀에 옷이 걸렸다. 남자는 오해를 했다. 요사한 여자가 합방을 위해 자기를 잡는 것으로. 놀란 남자는 그길로 줄행랑을 쳤다. 그런 여자와는 살 수 없었던 것이다.

오랜 세월이 흐른 후, 남자는 그곳을 지나게 되었다. 옛날 생각이 났다. 그런데… 그 집이 그대로 있었다. 가만히 문을 여니 신부가 아직 그 자리에 있었다. 혼인 때의 고운 한복 그대로, 그 풋풋한 옷차림 그대로……. 놀란 남자가 다가가 건드리니 여자는 먼지가 되어 흩어졌다.

조금 다르지만 애달프기는 현재필도 다를 바 없었다.

무전유죄!

현재필의 말은 맞는 건지도 몰랐다. 만약 그가 부유하고 화목한 가정에서 자랐더라면, 그래서 성격도 쾌활하고 공부도 잘 했더라면……. 그는 손수건을 쉽게 돌려줬을 일이었다. 교무실을 찾아가는 것도 망설이지 않았을 일이었다.

법정에서도 검찰에서도 그렇다. 그가 힘 있는 변호사를 내세웠더라면 결백하다는 항변에 귀를 기울였을 일이다.

하긴 말해서 무엇할까? 무속에도 전가통신(錢可通神)이라는 말이 있다. 돈이면 신하고도 통한다. 돈이란 가진 자에게는 통쾌하고, 없는 자에게는 통한스러운 일이었다.

꼬르륵!

위장이 신호를 보내왔다. 그래도 배는 고프다. 어쩔까 싶을 때 조사실 문이 왈칵 열렸다.

"검사님!"

차도형과 유 계장이었다.

"왔어?"

"예, 상세 분석 나왔습니다."

차도형이 보고서를 내밀었다.

"이리 줘봐."

승우는 숨도 쉬지 않고 서류를 넘겼다.

사진 1, 사진 2…….

자료가 넘어갈 때마다 조바심에 불이 붙었다. 그리고… 마침내 두 장의 사진에서 시선이 멈췄다. 첫 번째 사진은 얼굴이었다. 확대된 부분은 피살자의 오른쪽 뺨이었다. 화소를 살려 확대하니 그냥은 보이지 않던 미세한 흔적들이 엿보였다.

'왼손……'

마른침이 몇 번이고 넘어갔다.

"……!"

왼손 자국이 좀 더 강했다. 선명하지는 않지만 분명했다.

이어 목 사진.

반월형 표피박탈은 오른손과 왼손에 의한 게 다 나와 있었다. 처음에는 한 손이었지만 나중에는 두 손을 다 사용했다는 뜻이었다.

승우의 눈이, 파르르 떨면서 분석팀의 소견으로 옮겨갔다.

―좌우 표피박탈의 유형으로 보아 오른손잡이보다 왼손잡이일 가능성이 높음.

왼손잡이! 승우가 원하던 단어가 거기 있었다.
게다가, 보너스로 확대 사진이 한 장 더 있었다.

―최신 분석법으로 확인 결과 압박자의 중지에 이물질이 있을 것으로 사료됨. 이물질은 반지일 가능성이 큼.

반지! 오, 마이 갓!
"잠깐만!"
승우는 사진을 내려놓고 밖으로 뛰었다.
"검사님!"
차도형의 목소리가 따라왔지만 돌아보지 않았다.
승우는 단숨에 도로까지 뛰어나왔다. 방향을 틀어 버스정거장으로 달렸다. 할머니는 거기 있었다. 낡은 벤치에 앉아 멍한 시선으로 허공을 보면서…….
"할머니……."
승우는 숨을 헐떡이며 할머니 앞에 섰다.

"검사님……."

할머니의 눈이 휘둥그레졌다.

"재필이 말입니다. 사건 즈음에 반지 같은 거 끼고 다녔습니까?"

"반지요?"

"예, 아주 중요합니다. 잘 생각해 보세요."

"아뇨. 우리 재필이는 반지 같은 거 없어요."

할머니가 고개를 저었다.

"정말이죠?"

"그럼요, 검사님……."

"할머니!"

승우는 할머니를 껴안고 말았다. 샘물을 찾다가 강을 만난 기분이었다. 이제는 해볼 만했다. 이제는!

*   *   *

홍상두 체포영장이 발부되었다. 수색영장도 발부되었다. 영장은 승우가 직접 법원으로 가지고 갔다. 판사는 내키지 않는 얼굴이었지만 발부할 수밖에 없었다. 검사가 직접 오는 경우는 이례적이기 때문이었다.

홍상두의 집은 교외의 단독주택이었다. 아직 미혼인 그는 거실에서 아담한 전라의 여자를 끼고 뒹굴다가 수갑을 받게 되었다.

개명한 이름은 홍태영.

꼴에 별단 친구들에게 주워들은 건 많아서 구속적부심 등을 운운하며 항변했지만 승우가 귀담아 들을 리 없었다.

슬쩍 보니 장식장에는 자동차 프라모델이 지천이었다. 놈의 취미는 수집인 모양이었다.

"입어, 이 자식아!"

퍽!

옷을 던져 주며 다짜고짜 홍상두 머리를 후려갈기는 석 반장. 놀란 홍상두가 왼손으로 머리를 비비며 눈살을 찌푸렸다. 왼손잡이가 분명했다.

"느낌 좋은뎁쇼?"

석 반장 입에서, 승우 팀만 알 수 있는 미소가 흘러나왔다.

반지!

지금은 그게 관건이었다. 수갑 찬 손을 보니 중지에 두툼한 보석반지가 보였다.

중지!

그 또한 반가운 손가락이었다.

귀에는 요란한 피어싱에 목에는 줄넘기를 해도 될 것 같은 금목걸이…… 잔뜩 가치가 오른 금이지만 이놈의 목에서는 천박해 보였다.

5mm······.

승우는 정밀분석표에 나온 반지의 넓이를 곱씹었다. 5mm 링의 민짜 반지. 홍상두의 중지에 걸린 건 그보다 넓었다.

"수색해!"

승우의 지시가 떨어지자 수사관들은 민첩하게 움직였다. 목적은 반지였다. 분석표와 일치하는 반지를 찾는 게 관건. 수사관들은 서랍과 장롱, 그리고 작은 금고까지 낱낱이 뒤졌다. 이어 컴퓨터와 휴대폰을 압수했다. 반지가 없다면 사진 파일이라도 도움이 될 일이었다. 그 반지를 낀 사진이 나온다면······.

"검사님!"

권오길이 구석에서 손을 들었다.

갖가지 여자 스타킹이 나왔다. 다음 서랍에서는 야동 CD가 나왔다. 그리고 라이터가 수백 개 나왔다. 이놈은 수집이 취미인 모양이었다.

그리고 그 취미 덕을 보는 순간이 다가왔다.

"검사님!"

이번에는 나수미였다. 여자답게 꼼꼼하게 수색을 하던 나 수사관이 장식장 구석에서 작은 함을 발견한 것이다.

그 안에는 끼다 싫증을 느껴 빼놓은 반지가 있었다.

많았다.

승우가 원하는 넓이의 링도 두어 개 보였다. 승우는 창가로 가서 영력을 집중했다.

하나…….

또 하나…….

온 힘을 집중했다. 그때마다 입에서는 제발 하는 간절함까지 새어 나왔다.

'있다!'

촉이 왔다. 한 반지에서 마침내 승우는 느꼈다. 미세하고 또 미세한 영기… 너무나 미세해 한 줄기 극세사를 보는 느낌이지만 영기인 건 분명했다.

"국과수 보내서 디지털 분석 나온 자국과 동일한지 감식 의뢰해."

승우의 지시가 떨어졌다.

진인사대천명이라고 했던가?

최선을 다했다. 이제는 하늘이 내리는 결과를 기다리는 수밖에 없었다.

수사반은 밤샘을 했다.

디지털 포렌직 팀에서는 몇 가지 희소식을 전해왔다.

홍상두가 정기적으로 담임여교사 성추행 살인 사건을 검

색해 온 걸 밝힌 것이다. 그가 사건을 저지른 이후 최근까지…….

아쉬웠다.

진범이 잡힌 수년 전 채선태 검사가 압수수색을 했다면… 그래서 이런 정황을 잡았더라면 수사가 진전될 수 있었을 일이다.

아침, 퇴원 후에 승우를 찾아온 채선태는 승우가 내민 단서를 보고 고개를 떨구었다. 그가 가진 선입견이 진실 하나를 가려 버린 걸 깨달은 것이다.

그러나 후회는 언제 해도 늦을 때가 있다. 여러 명이 목숨을 잃은 후였다.

"면목이 없군요. 게다가 망자의 그 철천지한……."

채선태는 황망하게 고개를 저었다.

"질문이 있습니다."

승우가 말했다.

"말하세요."

"그날, 제가 시킨 대로 사죄를 올렸나요?"

승우는 궁금했다. 어쩌면 관련자들의 사과를 기다릴 수도 있었을 현재필. 그 많은 어른들 중 단 한 명도 사과하지 않은 일… 한 청년의 미래를 짓밟아 버린 그 일…….

그러니 진심으로 사죄를 빌면 악령의 마음을 달랠 수도 있었다. 그런데 채선태는 공격을 받았다. 승우는 궁금할 수밖에 없었다. 사죄를 비는 채선태를 공격한 것인지, 아니면······.

"그게······."

채선태는 주저했다. 그러더니 결국 사실을 털어놓았다.

이게 정말 맞는 건가 싶어 회의하고 있을 때 악령이 들이닥 쳤다는 것이다.

"미안합니다."

"아뇨. 그건 선배님 삼시충의 판단에 따를 일. 제가 강요할 수는 없는 일이지요."

승우는 가만히 고개를 저었다.

"삼시충?"

"양심 말입니다."

"무덤을 알려주세요. 거기로 찾아가리다."

"······."

"······."

"죄송하지만 마음에 없으면 하지 않으셔도 됩니다. 오히 려······."

"아닙니다. 가만 생각하니 내가 너무 비겁한 것도 같 고······."

"······."

"알려주세요. 나도 그 친구 신세 망치는 데 일조한 사람이니 술이라도 한 잔 붓고 오리다."

"정 그러시면 현재필 할머니에게 가세요."

"할머니요?"

"그 친구가 할머니를 끔찍이 생각했다더군요. 학교 졸업해서 돈 벌면 제일 먼저 할머니 틀니하고 신경통 방지 자석 목걸이를 사주려 했을 정도로……."

"……."

"이 사건도 할머니의 간청으로 재수사를 하게 된 겁니다. 그러니… 할머니에게 마음을 전하면 할머니가 손자에게 전하지 않을까요?"

"그렇군요."

승우는 할머니 거처를 적은 종이를 건네주었다. 받아 드는 채선태의 눈은 붉게 충혈되어 있었다.

대화가 오가는 사이에 국과수의 결과가 날아왔다. 압수한 반지 중에 증2호가 사건 당시 피살자의 목에 남은 자국과 일치한다는 것이었다.

이어 진짜배기 희소식이 꼬리를 물었다. 흔적과 일치하는 반지의 물결무늬 사이에서 피살자의 체액을 미량 검출한 것. 즉, 유전자를 확보했다는 것이다.

유전자 확보!

반지 흔적만 해도 해볼 만했는데 움직일 수 없는 증거를 잡아냈다.

운이 좋게도, 아니 홍상두로서는 운이 없게도 피살자의 입을 막을 때 묻었던 침 같은 게 말라붙었던 모양이었다. 그걸 모르고 반지함에 처박아 둔 모양이었다.

"나이쓰!"

승우는 채선태가 앞에 있는 것도 잊은 채, 수화기를 제자리에 놓는 것도 잊은 채 목이 터져라 쾌재를 불렀다. 하늘이 스스로 돕는 자를 도운 것이다.

"검사님!"

곧 이어 수사관들이 문을 박차고 들어섰다.

짝짝짝!

수사관들은 승우를 둘러싸고 뜨거운 박수를 보내왔다.

"왜들 이래? 이럴 시간 있으면 범인과 법원이 찍소리 못 하도록 조서나 철저히 꾸미세요."

지휘하는 승우, 괜히 목이 뜨거워지는 걸 느꼈다.

"걱정 마시우. 이번에는 우리가 범인 제대로 엿 먹일 테니깝쇼."

"당시 불리한 증언을 했던 현재필 고등학교 선생들과 동기들 다 찾아내서라도 증언까지 완벽하게 보강할 겁니다. 새로 나온 증거하고 할머니가 가져온 노트 들이밀면 누구도 군말하지 못할 겁니다."

석 반장과 차도형도 목소리를 높였다.

"이렇게 되면 할머니가 국가를 상대로 손해배상도 청구할 수 있게 될 것 같은데요?"

유 계장은 조금 더 질러 나갔다.

억울하게 살인죄를 뒤집어쓴 열아홉 꽃 같은 청년⋯⋯.

그것만 생각하면 천만금을 준들 보상이 될 수 없었다.

그러나 달리 보면 그도 사람을 죽인 살인자. 하지만 그 살인은 인간의 몸이 아니었기에 처벌할 수 없는 일이었다. 그런 까닭에, 승우는 손해배상에 대해 고개를 젓지 않았다.

"축하합니다!"

수사관들이 자리로 돌아가자 채선태가 손을 내밀었다. 만감이 교차할 그 손을 승우가 잡았다. 채선태는 늘어진 어깨로 돌아섰다. 삶은 배추처럼 처진 어깨였다.

"송 검사!"

오 부장에게 보고차 걸어가다 김혁을 만났다. 그는 존속살인범을 조사실로 데리고 가던 중이었다.

"바쁘네?"

승우가 인사를 받았다.

"또 한 건 올렸다며?"

김혁은 반색을 했다. 다른 검사들의 쾌거도 자기 일처럼 기뻐하는 여유, 본받고 싶은 인성이었다.

"어떻게 어떻게 겨우……."

"나 좀……."

김혁은 윤 수사관에게 피의자를 넘기고 승우를 구석으로 끌었다.

"그거 정말이야?"

"뭐?"

승우가 물었다.

"이번에도 무당 예언이 있었다는 소문이던데?"

"무당?"

소문이 났다. 이놈은 인터넷보다도 빨랐다. 가만 생각하니 두 가지가 짚였다.

할머니 그리고 규리!

할머니는 무당의 점지를 받고 승우를 찾아왔다. 그 이야기가 수사관들을 통해 새어 나갔을 수 있었다.

나아가 규리… 그녀는 사건 해결의 중심에 있었다. 채선태를 해치려는 악령에 맞서 신통력을 구사했고, 그 악령에 의해 추락사할 뻔했었다.

"뭘 들었는데?"

승우는 돌직구 전법으로 나갔다. 시치미를 떼느니 아는 대로 설명할 참이었다.

"진정 넣은 할머니 말이야……."

원인은 전자였다. 무당의 신통력이 승우의 이미지와 겹친 모양이었다. 어쨌든 승우는 지금 지검에서 무속 전문으로 회자되는 처지였다.

"우리 그 무당을 자문위원으로 위촉해야 하는 거 아니야? 아니지. 전국의 유명한 무당을 수배해서 영험한 사람을 몇 명……."

"왜? 아예 범인 찾아내는 부적이라도 써달라고 할까?"

승우가 질러나갔다.

"그러면 더 좋지. 과학수사, 과학수사 하지만 결국은 범인의 자백이 출발점일 때가 많잖아?"

"으음. 쓸 만한 부적은 기천만 원 할 텐데……."

"윽, 그렇게나?"

김혁의 눈이 휘둥그레졌다.

"아무튼 고마워."

승우는 인사를 전하고 김혁과 헤어졌다. 좋은 사람과 함께 있다는 건 행복한 일이다.

전에는 몰랐지만 이제 승우는 알고 있다.

유 계장과 석 반장, 그리고 차도형을 비롯한 수사관들… 한 사건을 매듭짓고 돌아보면 언제나 그들의 수고가 뒤에 깔려 있는 것이다.

"송 검사!"

부장실에 들어서자 오 부장이 반색을 했다. 함께 있던 허 차장도 다르지 않았다.

"증거를 찾았다고?"

허 차장이 물었다.

"예, 포렌식 팀에서 유익한 단서를 찾아줬는데 다행히 범인이 범행 당시 끼고 있던 반지를 간직하고 있더군요. 거기서 피살자의 유전자가 나왔습니다."

"완전 드라마 같은 얘기로군. 자네 집념의 승리야."

허 차장은 혀를 내둘렀다.

"그러게요. 그 친구… 왜 그걸 처분하지 않았을까요?"

오 부장이 고개를 갸웃거렸다.

"피가 아니라 체액이 묻었다 마른 거라 의식하지 못한 것 같습니다. 게다가 엉뚱한 사람이 범인으로 잡혀줬으니 굳이 처리할 생각을 하지 못했겠지요."

승우가 부연 설명을 했다.

"아무튼 이거 우리 검찰로서는 일희일비로군."

허 차장이 쓴 웃음을 지었다.

일희일비!

맞는 말이었다. 승우의 개가는 높이 살 일이었지만 결국 그 단초 제공의 한쪽에는 채선태 검사가 있었다. 나아가 그 앞에는 서득수 검사가 있었다. 애당초 서득수가 제대로 수사를 했다면 이제와 바로 잡을 필요도 없을 사건이었다.

"그나저나 현재필 사건 관련자들이 죄다 죽었다고?"

허 차장이 물었다.

"예. 세월이 지나면서 심장마비나 사고사로……"

승우는 그 정도 선에서 대답을 갈음했다. 허 차장이나 오 부장은 이해 못 할 일이었다. 그런데 허 차장이 일어서면서 의미심장한 말을 꺼내놓았다.

"그 친구의 원혼이 복수를 한 건 아니겠지?"

허 차장은 승우를 돌아보고 부장실을 나갔다.

"원 차장님도 썰렁하시기는… 나가 보시게."

오 부장은 웃으며 문을 가리켰다.

승우는 복도로 나왔다. 한산한 복도가 느긋해 보였다.

'무당의 계시……'

승우 머리에 김혁의 말이 스쳐 갔다. 그 무당은 누구일까? 누구기에 승우를 콕 찍어준 걸까?

콕 찍어 맞춘 족집게 무당……

궁금해졌다.

5장

남은 자들의 참회

저녁 무렵 강수혁의 병실에 들렀다.

그의 아버지 강학봉이 귀국했기 때문이었다. 그는 공항에서 승우에 전화를 건 후 병원으로 직행을 했다. 금쪽 같은 아들, 게다가 명문대에 다니는 전도양양한 아들이기에 각별함이 더한 모양이었다.

"부적은 제가 검사님 지시대로……."

몰래 치웠습죠.

여전히 강수혁의 신변 호보를 맡고 있는 석 반장이 머쓱하게 웃었다.

애기선녀가 써준 부적은 이제 소용이 없으니 슬쩍 치워 버리는 게 옳았다.

"별 이상 없죠?"

"예. 다리도 잘 아물고 있다는굽쇼."

"그럼 이제 신변보호 해제하세요."

"어이쿠, 그래도 됩니까?"

"이거……. 수고한 형사들하고 소주나 한잔 꺾으시고요."

"이런 건 제가 내도 됩지요. 저도 호봉이 좀 되거든요."

석 반장은 봉투를 사양했다.

"그럼 신변보호 해제 안 합니다."

"뭐 계급으로 밀어붙인다면야 하는 수 없이……."

석 반장은 피식 웃으며 봉투를 받았다. 어느새 석 반장과 승우는 제법 통하는 사이가 된 것이다.

그래봤자 10만 원…….

사실 머쓱하기는 승우도 마찬가지였다. 전 같으면 달랐을 것이다. 폼생폼사였던 승우였으니 적어도 백만 원이었다. 뭐, 어차피 승우 돈도 아니었다. 전화 한 통이면 다투어 봉투를 가져올 빠라끌리또가 넘쳤으므로.

"수고했습니다!"

"수고하셨습니다!"

잠복을 끝낸 형사 둘이 다가와 승우와 인사를 나누었다.

"가까운 데 있을 테니 빨간 딱지 쐬주 생각 있거든 검사님도 오십쇼."

석 반장은 그 말과 함께 형사들을 인솔해 갔다.

임무를 끝내고 마시는 소주 한잔.

니들이 그 맛을 알아?

홀가분해진 형사들의 뒤태가 그렇게 말하는 것 같아 공연히 입맛이 다셔졌다.

"어떻게 된 겁니까?"

병실의 강학봉, 안으로 들어서는 승우를 보더니 거두절미하고 물었다. 안에 있는 건 그와 아들, 그리고 승우가 전부였다.

"아드님께 얘기 못 들었습니까?"

"나도 지금 의사 만나고 막 들어온 겁니다. 송 검사님이 신변보호를 잘해준 덕을 보긴 했다지만 이해가 되지 않습니다. 우리 아이가 투신을 하다뇨? 누가 민 거 아닙니까? 주변 CCTV는 확인한 겁니까?"

강학봉의 목청이 훌쩍 올라갔다.

"그게… 이야기가 좀 복잡합니다."

반대로 승우는, 목소리를 내렸다.

"누굽니까? 우리 아들을 노리는 놈… 내 판결에 불만을 가진 놈입니까?"

"강수혁 씨… 지금 괜찮죠?"

승우의 시선이 강수혁에게 돌아갔다.

"예……."

"그럼 직접 얘기하세요. 아버지가 궁금해하는 일……."

"송 검사님!"

강학봉이 끼어들었다. 그는 부장판사. 누구에게도 무시당할 입장이 아니었다.

"당시의 상황, 생각나는 대로만 말하면 됩니다. 잘 생각나지 않으면 안 해도 되고……."

승우의 시선은 강수혁에게 무심하게 꽂혀 있었다.

강수혁은 약한 빙의에 걸렸던 데다가 젊고 건강한 청년이었다. 그렇다면 사고 당시 어느 정도는 자기 의식을 가지고 있었을 일이었다.

더구나 사건 자체가 설명하기 쉬운 일이 아니었다. 그러니 아들이 제격이었다. 사건 당사자인 아들의 입을 통해 듣는다면 반발심 같은 건 생기지 않을 테니까.

"그게……."

강수혁이 천장을 쳐다보며 입을 열기 시작했다.

별다른 건 없었다. 승우가 짐작한 대로였다.

강수혁은 실험 중에 이상을 느꼈다. 보이지 않는 무엇이 그를 끌었다. 그 힘에 이끌려 옥상으로 갔다. 난간 가까이 섰다.

수직의 바닥이 달려들 것처럼 보이자 두려움이 생겼지만 달아날 수 없었다. 이미 빙의가 된 몸은 강수혁의 의지를 따르지 않았다. 자기 안에 누가 있었다. 그 힘이 강수혁보다 강했다.

"뒤로 물러나려고 몸부림을 쳤지만……"

다행히 부적 덕분에 시간이 지체되었다.

떨어지는 발을 애기선녀의 영험한 부적이 잡아준 것이다. 주춤거리는 사이에 형사들이 달려들었고 추락하는 몸통의 다리를 잡았다. 그래서 추락을 면했다.

"그렇게 된 겁니다."

설명을 끝낸 강수혁은 한숨을 쉬었다.

"말도 안 돼……"

강학봉이 웅얼거렸다.

"혹시 두 분……"

잠시 상황을 주시하던 승우, 담담한 시선으로 부자를 번갈아 보았다. 그리고 품에서 사진 한 장을 꺼내 들었다.

"이 사람 본 적 있나요?"

승우가 꺼낸 건 자살 직전의 현재필과 검거 당시의 현재필을 찍은 사진이었다.

"으헉!"

부자는 동시에 소스라쳤다. 입을 차고 나온 비명의 높이도 거의 비슷했다.

"아시는군요?"

"……"

이번에는 부자의 침묵이 박자를 맞췄다.

"이자… 최근 들어 꿈에 나타나던 자요. 그런데 이걸 어떻게 송 검사님이?"

강학봉이 짚은 건 전자의 현재필이었다.

"아버지도요? 저도……."

부자의 반응은 계속 비슷한 양상을 보였다. 현실이 아니라 꿈이었다.

"너도? 이자가 네 꿈에도 나타났단 말이냐?"

"예. 이 사람이 보이면 늘 악몽이었어요."

"나, 나도 그랬는데……."

강학봉의 시선이 승우에게 향했다.

"누군지 모르십니까?"

"글쎄요, 기억이……."

강학봉은 창백한 얼굴로 고개를 저었다.

"그럼 이름은 기억나십니까? 현재필이라고……."

"현재필?"

강학봉이 미간을 잔뜩 구겼다. 하지만 이내 고개를 저었다. 그랬다.

현재필……

그는 강학봉 판사에게 안중에도 없는, 그저 그런 범죄자에 불과한 존재였다. 그는 억울했지만, 죽을 만큼 간절했지만 강 판사에게는 무수한 판결에 얹혀간 한 죄인일 뿐이었다. 더구나 판결일로부터 15년이 지나간 마당. 기억하지 못하는 게 당연할 수도 있었다.

"15년 전… 아니, 정확히 말하면 아직 15년은 아니겠군요. 아무튼 그 무렵에 강 판사님이 배석한 사건의 피고인이었던 사람입니다. 당시 나이 열아홉 살. 죄목은 담임 여교사 성추행 살인."

"……?"

"생각나지 않으십니까?"

"글쎄요. 15년 전이라… 15년 전 여교사 살인 사건 피고인이면……. 아!"

강학봉, 그제야 생각이 나는 듯 벼락처럼 고개를 들었다.

"생각나네요. 어린 학생이었어요. 처음에는 아무 말 안 하다가 마지막에 자기가 아니라고 소리를 지른… 그래서 당시 재판장이던 이만홍 선배님과 같이 배석한 최강욱 판사가 혼쭐을 내준……."

혼쭐…….

강학봉의 번호표가 늦은 이유가 거기 있었다. 즉 강학봉은 두 판사에 비해 현재필에게 가혹하지 않았던 것. 덕분에 순번이 늦었고, 덕분에 목숨을 건질 수가 있었다.

"그 친구가 복역 중일 때 진범이 잡혔다 풀려나는 해프닝이 있었습니다. 혹시 알고 계십니까?"

"글쎄요……."

"주제넘게 한마디 묻겠습니다. 그때… 정말 현재필이 여교사를 죽였다고 확신하셨습니까?"

승우는 시선을 강학봉에게 맞추었다. 그 눈빛이 너무 강한지 강학봉은 시선 둘 곳을 몰라 했다.

"잠깐만요. 그러니까 그게 우리 아들 사건과 관련이 있다는 겁니까?"

"예! 유감스럽지만……."

"어떻게요?"

"솔직히 말씀드리면 아드님뿐만 아니라 판사님, 그리고 이만홍 변호사, 최강욱 판사, 서득수 검사와 당시 그를 검거한 형사들, 나아가 진범을 그냥 풀어준 채선태 검사까지도 다 관련이 있습니다."

"……?"

"두 분, 혹시 최근 들어 사고가 날 뻔하거나 몸에 갑작스런 이상이 온 적 없습니까?"

"최근에?"

"최근 두 달 이내……."

"두 달이면… 있지요. 퇴근길에 어떤 미친놈이 중앙선을 넘어오는 바람에……."

"저도 비슷한 일이 있었어요. 지하철 계단 내려갈 때 어떤 사람이 등을 부딪치는 바람에 구를 뻔……."

부자가 다투어 대답했다.

"그 사건 관련자들은 다 그런 식으로 현재필에 의해 직간접적으로 죽음을 맞았습니다. 일부는 의문의 차량 추락사, 중앙 분리대 충격 후 사망, 실족사에 심장마비……."

"그럼?"

"강수혁 씨!"

승우가 강수혁을 바라보았다.

"예……."

"공학도에게 적절하지 않은 질문이지만 혹시 옥상에서 몸에 귀신이 씌운 것 같지 않았습니까?"

"예……?"

"실은 비슷한 시간에, 진범을 풀어준 채선태 검사도 유사한 방법으로 목숨을 위협당했습니다."

"……!"

강학봉의 눈동자가 끝 간 데 없이 커졌다.

"채 검사를 찾아온 것도. 믿기지 않겠지만 산 현재필이 아니라 죽은 현재필이었습니다."

"하지만 내가 느낀 귀신은 꿈에 보인 그 사람이 아니라 저번에 죽은 변호사님 같았는데……."

"현재필이 그 영기를 취해 부린 겁니다. 관련자 영기 전부를 부렸지요."

"……!"

젊은 강수혁도 숨소리가 낮아졌다.

"현재필이 살인범이라고 확신하셨는지 아직 대답하지 않으셨습니다."

승우의 시선이 강학봉에게 건너갔다.

"……."

"확신하셨습니까?"

"아니오……."

강학봉이 고개를 저었다. 그 사건과 관련해서는 목숨을 부지한 마지막 사람. 그의 입에서 부정어가 튀어나왔다.

"솔직히 말하면 관심도 없었소."

관심도 없었다.

그 말에는 승우도 맥이 풀려 버렸다. 탓할 일은 아니었다. 그동안 승우가 기소한 사건들 역시 최선을 다하지 않은 게 다반사였기 때문이었다.

"그러셨군요."

승우는 낮은 중얼거림을 두고 돌아섰다. 승우 역시 그에게 돌을 던질 자격자는 아닌 까닭이었다.

"송 검사님!"

강학봉이 뒤에서 소리쳤다.

승우는 걸음을 멈췄다.

"당신은… 당신은 어떻게 안 겁니까? 무속 전문이라는 소문이 도는 건 들었습니다만……."

"뭘 말이죠?"

"관련자들의 주검이 현재필의 귀신에 의한 거라는 거, 나와 내 아들, 그리고 그 채 뭐라는 검사까지도 노리고 있었다는 거."

강학봉의 표정은 사뭇 비장했다.

"아는 무당 지인이 몇 있습니다. 그분들이 알려주었습니다. 현재필… 어린 나이에 선생을 성추행하고 죽인 살인자로 낙인찍히고 아버지가 목을 매달자 그 자신도 같은 나무에 목을 매어 생을 마감했습니다. 그 한이 깊어 악령이 되었으니 줄초상을 막아달라고. 하지만 좀 늦은 감이 있습니다."

"……."

"물론 아주 늦은 건 아닌 것 같습니다만."

승우의 시선이 부자를 훑고 지나갔다. 강학봉은 그 의미를 알아들었다.

"그럼 그 악령이 완전히 사라졌단 말이오?"

"예… 그가 바라던 진범에 대한 증거도 확보했습니다."

"한이라……."

"그리고 보니… 꿈속에… 저를 죽여 아버지 눈에 피눈물을 보게 한 후에 아버지도 데려가겠다는 말을 했던 거 같아요……."

강수혁이 강 판사를 보며 말했다.

"허어, 장난 삼아 던진 팔매에 맞아 죽은 구렁이가 원귀가되어 복수를 했다는 전설은 들었다만……."

"정말 억울했었나 보네요. 저까지 노린 걸 보면……."

강수혁이 고개를 저었다.

"아버지도 죽었다… 그럼 그 가족은 누가 남은 거요?"

강학봉이 물었다.

"어릴 때부터 그를 키워준 할머니가 남았죠."

"그 양반 연락처를 아시오?"

"……?"

"사연을 다 알고 나니 기가 막혔을 일이겠소. 때늦은 일이지만 내 아들의 일을 겪어 보니 그 마음 조금이나마 이해가 갑니다. 할머니와 고인 앞에 사죄라도 올리고 싶습니다."

"몸이 나으면 저도 가겠습니다."

강학봉에 이어 강수혁도 뒤를 이었다.

"……."

"송 검사님!"

"잘 생각하셨습니다."

승우는 가벼운 인사로 긍정을 대신하고 병실을 나섰다.

발길이 조금 가벼워졌다.

'사죄라도 올리고 싶습니다.'

부자가 남긴 말 때문이었다.

사죄. 미안하다는 말······.

인생은 언제나 조금 늦거나 빠르다더니 그 말이 딱이었다.

비록 잘못된 판결이었더라도, 잘못된 기소였더라도 누구든 현재필의 손을 잡고 진심으로 사과를 빌었다면··· 그랬다면······.

그랬다면 어떻게 됐을까?

승우가 바라본 하늘에 무심한 노을만 아른거렸다.

*　　　　*　　　　*

닷새 후, 승우는 규리와 통화를 했다. 단양으로 내려간 규리는 여전히 명랑함이 찰고무줄처럼 통통 튀고 있었다.

―부적 필요하면 언제든 얘기만 하세요.

고마움을 전했지만 대수롭지 않다는 반응이다. 영험하지만 아이라 그런지 계산속이 없었다.

—민민한테 다음에 보자고 전해주세요. 보고싶다고도요.

애기선녀 규리는 그 말을 두 번이나 하고 전화를 끊었다.

다시 생각해도 고마운 아이였다.

다시 생각해도 당찬 아이였다.

그녀는 민민과 잘 통했다. 모든 게 그랬다. 악령을 보면 앞뒤 가리지 않고 맞서는 것까지.

"규리가 너 보고 싶단다."

승우는 손목에 대고 속삭였다.

그로부터 얼마 후, 승우는 강학봉 승용차의 조수석에 있었다. 뒤에는 채선태와 강수혁이 앉았다. 규리와 통화 직후에 강학봉이 지검으로 쳐들어온 까닭이었다.

"현재필 할머니 댁에 같이 좀 가주시죠."

아직도 철심도 뽑지 않은 강수혁을 데리고 온 강학봉은 막무가내에 가까웠다. 거기에 강수혁과 채선태도 가세를 했다. 승우는 별수 없이 납치(?)를 당하게 되었다.

채선태에게는 강학봉이 따로 연락을 한 모양이었다. 몰랐으면 모를까 사안을 다 알고 난 바에야 진범 수사를 맡았던 채선태 검사를 찾는 건 일도 아니었을 것이다.

"어이쿠, 이거 진짜 죄송합니다."

강학봉의 표정은 밝았다. 장례식장이나 병실에서 보았던 얼굴의 구름은 보이지 않았다. 그건 채선태도 같았다. 이유는 그들의 입에서 나왔다.

악몽이 사라졌다는 것!

셋은 잊을 만하면 악몽을 꾸고 있었다. 그 악몽이 사라졌으니 몸이 가뜬할 일이었다.

"솔직히 말하면 우리끼리 가면 맞아 죽을까 봐서 그랬습니다. 채 검사님도 동의하시죠?"

강학봉이 돌아보며 말했다.

"맞습니다. 할머니가 우릴 좋아하겠어요? 하지만 누명 벗겨준 송 검사님과 같이 가면 어쩌지 못하시겠지요. 그래서……."

채선태도 거들고 나섰다.

"잘됐습니다. 저도 할머니 한 번 찾아뵐 생각이었는데……."

승우도 웃었다.

사실이었다.

'이삿짐 꾸리다…….'

현재필의 노트를 건네주며 하던 말을 생각하니 자꾸만 눈에 밟혔다. 이사를 간다는 말처럼 들렸던 것이다.

"일단은 현재필에게 먼저 가야겠죠?"

강학봉은 납골묘로 방향을 틀었다.

고적했다.

납골묘역은 왜 늘 고적해 보일까? 햇빛이 쨍쨍 내려쬐고 있어도 마찬가지였다. 온 김에 승우도 술을 한 잔 부었다. 멀리 이만홍의 묘역이 보였다.

승우는 그제야 알았다. 그때 목격자 영기를 데려갔을 때 왜 그렇게 떨었던 건지……. 그가 공포에 질렸던 건 악령 때문 이었다. 막상 그 자리에 서니 그 가공할 공포를 감당할 수 없 었던 것이다.

─넋이 된 자와 넋을 달래러 온 사람들…….

─애당초 이런 관심 속에서 만났으면 좋았을 사람들…….

이런저런 생각을 하니 기분이 묘했다.

"그리고 이건 우리끼리 오면서 생각한 건데… 할머니 말입 니다. 보아하니 살림이 넉넉하지 않은 모양이던데 도울 길이 없을까요?"

절을 마친 채선태가 승우를 향해 물었다.

"도울 일이요?"

"송 검사님이 정보 좀 주세요. 염치없지만 뭐라도 해드려 야……."

강학봉의 말이 이어졌다. 코까지 훌쩍이는 걸로 보아 운 눈 치였다. 채선태도 그랬다. 제대로 된 참회……. 조금 늦긴 했지 만 다행스러운 일이었다.

"억울한 옥살이를 했으니 국가를 상대로 소를 제기하면 금 전적 보상은 받겠지만 그건 시간이 좀 걸릴 일이고… 정 그러 시면 현재필 소원이나 대신 이뤄주세요."

"소원요?"

채선태가 되물었다.

"현재필……. 착한 아이라서 돈 벌면 할머니 틀니하고 신경통 방지용 자석 목걸이를 사 드리고 싶어 했습니다."

"어이쿠, 그럼 그건 우리 둘이 하나씩 맡읍시다. 마침 내 후배 한 놈이 치과의사니 치아는 내가 맡겠소."

강학봉이 반색을 하며 나섰다. 채선태가 수긍하고 나서자 정리는 어렵지 않았다.

자석 목걸이는 어렵지 않게 구했다.

치과도 쉽게 수배가 되었다. 강 판사의 후배가 할머니 집 근처에 있는 치과병원 의사를 연결해 준 것. 의사와는 할머니 마음이 다치지 않도록 독거노인 무료봉사 이벤트라고 둘러대기로 입을 맞췄다.

끼익!

볼일을 끝낸 승용차는 할머니의 지하 셋방 부근에서 멈췄다. 다행히 할머니는 거기 있었다. 그런데… 풍경이 좋지 않았다. 이삿짐이 잔뜩 나와 있는 것이다.

"할머니!"

승우가 먼저 인사를 하자,

"아이고, 송 검사님!"

할머니는 만사를 제치고 반색을 했다.

"안녕하시죠?"

"그럼요. 진범을 잡아주신 후로 안 먹어도 배가 불러요."

할머니는 승우 손을 잡고 놓지 않았다.

"그런데 이분들은?"

할머니의 시선이 강학봉 부자와 채선태에게로 향했다.

"전에 손자가 교도소 갈 때 사건 담당하던 분들하고 그 아드님이에요. 이제라도 할머니께 사죄를 드리고 싶다길래… 손자 납골에도 사죄를 빌고 오는 길입니다."

"……!"

할머니의 눈빛이 벼락처럼 곤두섰다. 조금 전까지 웃던 얼굴은 간 곳이 없었다.

"할머니……."

후우!

그새 숨소리도 가빠졌다.

"마음 불편하시면 돌려보내겠습니다."

상황이 여의치 않은 듯해 승우가 한발 물러섰다.

그러자!

"아니에요. 다른 사람도 아니고 검사님이 데려오셨는데… 게다가 우리 애기 한도 이제 풀렸고……."

다행히 할머니가 마음을 풀었다.

세 사람은 허리 숙여 사죄를 올렸다. 할머니는 고개를 끄덕이는 것으로 할 말을 대신했다.

　"그런데… 어디로 이사 가세요?"

　짐을 본 승우가 물었다. 그러자 할머니, 눈물을 글썽이며 고개를 숙였다. 목까지 메이는 걸 보니 말 못 할 사연이 있는 모양. 승우는 채선태와 강 판사 부자를 먼저 돌려보냈다.

　"드세요!"

　승우는 가까운 편의점에서 사온 생수를 따라주었다.

　"바쁘실 텐데 어여 가시지 않고……."

　할머니는 헐렁한 입을 움죽거리며 물을 받았다.

　"혹시… 방세 못 내서 쫓겨나시는 건?"

　승우, 짚이는 게 있어 슬쩍 물었다.

　"그건 아니고요……. 복채 내야 해서요."

　할머니가 쓸쓸하게 웃었다.

　"복채요?"

　"용한 무당 덕분에 손자 누명 벗었잖아요? 진범 잡고 누명 벗게 해줄 테니 천만 원을 내라고 했어요."

　"누가요? 무당이오?"

　"예. 용하죠? 내가 거리 잠을 자도 줘야죠. 우리 손자가 한을 풀었는데……."

　"아무리 그렇기로 천만 원씩이나요?"

"돈은 아깝지 않은데… 우리 손자가 출옥 후에 번 돈으로 사준 금반지까지 판 게…….'

할머니의 눈이 횅한 손가락에 머물렀다. 반지는 사라지고 흔적만 희미한 손가락이었다.

"반지도 파신 겁니까?"

"보증금이 모자란다고 해서 무당한테 빼줬어요. 방 보증금도 받으러 올 텐데……."

할머니가 고개를 쑥 빼들었다. 때마침, 계단 앞의 짐 하나가 계단을 굴러 내려갔다 승우는 그걸 줍기 위해 계단을 내려갔다.

그때 자가용 한 대가 굴러왔다. 차에서 오십 대의 아줌마가 내렸다. 화장으로 떡칠을 한 아줌마가 바로 무당이었다.

"이사 올 사람은요?"

무당의 목소리에서 찬바람이 일었다.

"주인이 방 좀 수리하고 내놓는다네……."

"보증금 받았죠?"

"여기……."

할머니가 봉투 하나를 꺼내놓았다.

"그래도 오십만 원이 모자라네. 이러면 안 되는데… 나는 뭐 땅 파먹고 사는 줄 아세요?"

수표를 확인한 무당이 눈을 흘겼다.

"노인 수당 모은 거까지 다 찾은 거야. 남은 건 내가 차차 갚을게. 걱정 마."

"그래야죠. 안 그러면 손자한테 또 탈 생겨요. 손자가 좋은 데 못 가는 거 바라지 않죠?"

"그럼……."

"두 달 드릴 테니 나눠서 가져오세요."

봉투를 챙긴 무당은 돌아서려 했지만 길이 막혔다. 막아선 사람은 승우였다.

"에그머니, 당신 뭐예요?"

무당이 도끼눈을 뜨며 물었다. 승우는 대답대신 신분증을 꺼내 보였다.

'히익!'

무당은 휘청거릴 정도로 자지러졌다. 그렇잖아도 행실이 고와보이지 않던 무당. 질겁을 하는 걸 보니 뭔가 켕기는 게 있는 게 분명했다.

"무당이시라고요?"

승우가 물었다.

"그, 그런데요?"

무당은 뒷걸음치다 할머니와 부딪치자 그대로 주저앉고 말았다.

"할머니가 굿을 했나요? 부적을 썼나요?"

"그, 그걸 왜 묻는데요?"

"여기서 말씀하시기 곤란하면 검찰청으로 모실 수도 있습니다만……."

'히익! 검찰청?'

무당이 다시 자지러졌다.

"질문에 답하기 싫으신가요?"

"해, 해요. 부적, 부적이오."

"부적 한 장에 천만 원은 너무 비싼 거 아닌가요?"

"그, 그게 신통방통 영험한 거라서 돈으로 가치를 따질 수 없어요……."

"할머니, 혹시 그 부적 가지고 계세요?"

"여기……."

승우가 묻자 할머니가 부적을 내밀었다. 그걸 본 승우, 헛웃음이 나왔다.

무당의 부적!

조악하기 그지없었다. 척 보아도 어디 가서 인쇄된 걸 몇천 원 주고 사온 게 분명했다.

"이거 경면주사로 썼나요?"

부적을 거머쥔 승우, 무당을 노려보며 차근차근 닦아세웠다.

"예?"

"경신일에 북쪽을 향해 7배를 하고 옥수를 둔 신단에 절을 하고 향과 초 위로 붓을 들어 올려 세 바퀴 돌린 후에 경면주사를 꺼내 용뇌와 참기름에 개었겠군요?"

"예?"

무당의 눈은 점점 더 커져갔다.

"이건 어떤 부적에 속하죠? 천, 일, 귀, 궁, 길, 구, 왕, 신의 문자부적인가요? 아니면 태양형, 안면형, 와권형, 방형, 탑형, 천체형 등의 도형부적인가요?"

"……?"

"부적이란 게 원래 주묵이나 주사로 쓰는 건데 이건 잉크 같군요. 잉크나 먹이라면 피부에 직접 쓰는 거 아닌가?"

"아이고, 대감님, 신장님, 보살님!"

눈알을 뒤집고 이빨을 달그닥거리던 무당, 질겁을 하며 고개를 숙였다.

"사이비죠?"

승우가 물었다.

"죄송합니다. 한 번만 용서해 주세요."

무당은 두 손을 내밀어 싹싹 빌었다.

"한 가지 궁금한 게 있는데요?"

"예?"

무당은 고개를 숙인 채 눈을 치켜떴다. 비굴하게 눈치를 살

피는 꼴이 하도 천박해 보여 헛웃음이 나오는 승우.

"나에 대해 뭘 알고 할머니를 보낸 거죠?"

"그, 그건……."

"아무래도 검찰청으로 가서 말씀하시는 게?"

"아, 아닙니다. 말씀드릴게요."

무당은 또 한 번 자지러졌다.

"어떻게 둘러대면 그럴 듯하게 보일까 궁리하던 차에 신문 기사를 보고… 검사님이 박수무당 사건을 해결했다길래 그냥……."

그냥!

한마디로 찍었다는 뜻이었다. 하긴 더 물을 가치도 없었다. 부적조차 제대로 모르는 무당이 무슨 신통력이 있어 승우를 찍었을까? 그녀는 무당의 이름을 빌린 사기꾼일 뿐이었다.

"그 돈은 할머니 돌려주세요."

"예?"

"돌려줘야 하는 거 아닌가요?"

"예… 예……."

무당은 봉투를 할머니 품에 찔러 넣었다.

"반지하고… 미리 받은 돈 있죠? 그것도 돌려줘야 할 거 같은데요?"

"돈은 채워드릴 수 있지만 반지는 이미 팔아넘겨서……."

"어디다 파셨죠?"

"그게 이것저것 귀금속을 모아서 파느라 여기저기……."

사기 친 사람이 한둘이 아니라는 얘기였다.

"그럼 그건 경찰서 가서서 천천히 생각해 보세요."

"예?"

말귀를 알아먹은 무당은 사색이 되었다.

잠시 후에 승우의 연락을 받은 차도형이 순찰차를 앞세워 도착했다. 무당은 싹싹 빌었지만 때는 늦은 후였다.

"검사님……."

할머니는 어안이 벙벙한 표정이었다.

"이게 다 손자 덕분인가 봅니다. 안타깝게 죽기는 했지만 할머니 수호천사가 되어 지키고 있나본데요?"

승우는 할머니 앞으로 다가섰다.

"우, 우리 재필이가요?"

그새 눈물을 그렁거리며 주변을 돌아보는 할머니.

"제 눈에는 보이네요, 지금 웃고 있어요."

"검사님……."

"그리고 이것도 받으세요. 손자가 보낸 자석 목걸이하고 임플란트 틀니 시술권입니다."

"재, 재필이가 이것도요?"

"당연하죠? 사기꾼 무당 벌주는 거 보세요? 손자가 이제 할머니 오래오래 지켜줄 겁니다."

"아이고, 재필아!"

땅을 치는 할머니의 눈에서 눈물이 줄줄 떨어졌다.

"차 수사관, 뭐해? 왔으면 짐 날라야지?"

"이걸 다요?"

짐을 본 차도형이 울상을 지었다.

"아니면? 할머니 보고 옮기라고 할까?"

"그건 아닙니다만……."

"그럼 실시!"

승우가 먼저 짐가방을 집어 들었다. 하나도 무겁지 않았다.

짐을 거의 제자리에 놓았을 때 오토바이 소리가 들렸다. 철가방이 가져온 건 짜장면이었다.

"아휴, 이걸 어쩌요. 검사님처럼 높은 양반도 짜장면을 드시려나……."

할머니는 짜장면을 시켜놓고도 죄인 같은 모습이었다.

"에이, 검사는 사람 아닙니까? 대한민국 사람, 이삿짐 나르면 짜장면이 제격이지요."

승우는 바닥에 퍼질러 앉아 랩을 벗겼다.

"아유, 죄송해서……."

할머니가 몸 둘 바를 모르는 동안 승우와 차도형은 짜장면을 게 눈 감추듯 비워냈다.

"최곤데요?"

입까지 훔친 승우가 엄지를 세워 보였다. 그제야 할머니, 허술한 입을 벌리고 웃었다. 정리의 마지막은 액자였다. 할머니는 고이 묶은 보따리를 풀어 액자 두 개를 꺼냈다. 아들과 손자 사진이었다.

"우리 애비도 눈을 감을 거예요. 이놈이 그래도 지 새끼 챙긴다고 꿈에 나타나 무당이라도 찾아가 보라고 했거든요."

"……!"

할머니의 한마디에 승우는 얼어붙고 말았다.

부정(夫情)!

이 사건의 뒤안길에 그게 있었다. 아들을 제대로 돌보지 못하고 목숨을 끊어야 했던 아버지의 마음…….

"거기다 거니까 집이 다 환해지는데요? 할머니 든든하시겠어요?"

승우는 시큰해진 콧날을 감추려고 큰소리로 말했다.

"둘 다… 인물 훤하죠?"

할머니는 연실 액자를 쓰다듬었다.

"예, 완전 훈남들이네요."

액자를 바라보며 승우는 기원했다.

부디 좋은 곳으로 가기를.

엄마 없이 자란 아이, 그 고단한 삶을 살인자로 내몬 사법부, 그걸 지켜보기만 해야 했던 무기력한 아버지…….

승우는 그 자신도 그 사법부의 일원이기에 더욱 경건히 명복을 빌었다.

죽은 자를 위한 산 자의 기원. 그 기원이 죽은 현재필에게 위로가 되기를…….

6장
리얼 미스터리

무당은 사기 8범으로 드러났다.

더 재미난 건 사기 행각이었다.

명품사업가!

금 도매업자!

사회사업가!

결혼중매!

그의 사기 행각은 차라리 팔색조였다. 그러다 최근에 자리를 잡은 게 바로 무당이었다. 주로 장년 이후의 여자들을 상대했다. 자식이나 가족의 안위에 골몰하는 맹목적인 심리를 이용한 것이다.

그렇게 당한 사람이, 밝혀진 것만 백 명이 넘었다. 경찰서의 통보를 받은 승우는 혀를 내둘렀다. 그저 따끔하게 버릇을 고쳐 주려던 게 전문사기범을 검거한 셈이 되었다.

'푸헐!'

무당 집의 증거 사진을 본 승우는 웃음도 나오지 않았다. 조잡한 신당과 빽빽하게 걸어둔 무신도들. 무신도는 옥황상제부터 처녀귀신까지 없는 게 없는 백화점이었다.

문제는… 할머니의 반지였다.

온갖 사기를 다 친 무당은 반지의 행방을 기억하지 못했다. 그녀의 말대로 여러 사람에게 긁은 귀금속을 함께 처분한 까닭이었다.

'어쩐다?'

돈으로 치면 큰 귀금속이라고 보기 어려운 할머니의 금반지. 그러나 그건 억만금을 주어도 바꿀 수 없는 현재필의 선물이었다. 하나밖에 없는 손자의, 하나밖에 없는 선물…….

그때 석 반장의 관록이 빛을 발했다.

"제가 찾아봅쥬!"

석 반장은 덤덤하게 자처하고 나섰다. 그런 다음 전문 나까마 제환규를 불러들였다. 이쪽 나까마는 블랙홀이다. 장물에서부터 돈이 되는 건 뭐든지 뒷구멍으로 거래한다. 반장이 호출한 나까마는 장물아비들 틈에서도 전설로 통하는 사람이었다.

"찾아와!"

현재필이 반지를 구입한 금은방에서 디자인을 알아낸 반장은 부처 같은 얼굴로 말했다. 단 한마디일 뿐이었다.

이때까지만 해도 승우는 사실, 크게 기대하지 않았다. 선배 검사들로부터 들은 말 때문이었다.

"특별한 게 아니면 장물은 되찾기 어렵다."

특히 금반지 등이 그랬다. 디자인이 독특한 고가의 보석들은 금세 표시가 나지만 평범한 금반지는 누구의 시선도 받지 않는다. 그렇기에 녹여서 재가공해 버리면 그만이었다.

그런데!

제환규를 돌려세운 지 딱 이틀 후에 반지가 돌아왔다. 할머니 손가락에 있던 그것이었다.

"아이고, 이거 내 반지 맞아요!"

지하방의 할머니는 반색을 하며 무릎을 쳤다. 석 반장을 대동하고 할머니를 찾은 승우의 입가에 미소가 절로 피어났다. 해묵은 과제를 말끔하게 해결하는 기분이었다.

"이걸 어떻게 찾았대요?"

애써 음료수를 내민 할머니가 물었다.

"여기 우리 석 반장님이 죽기살기로 나섰죠 뭐……."

"아이고, 고맙기도 하셔라……."

할머니의 눈시울 안에는 그새 노을이 그득했다.

승우는 할머니의 손에 반지를 끼워드렸다. 할머니가 하얗게
웃었다. 그 뒤에 걸린 현재필의 사진도 따라 웃는 것 같았다.
가슴이 짜안했다.

"진짜 수고하셨습니다."

지하 방을 나오며 승우는 한 번 더 석 반장에게 고마움을
전했다.

"웬걸입쇼. 검사님 한 일에 비하면 저 정도는 일도 아닙죠."

석 반장은 웃으며 남은 말을 이었다.

"나이를 먹어도 세상은 모르는 것투성이라더니……. 옛날
생각하면 정말 날마다 상전벽해인뎁쇼."

"옛날요?"

"검사님 말입니다요. 그때는 정말 디립따 비호감이었는
데……."

석 반장이 어깨를 으쓱해 보였다.

"자꾸 옛날 얘기하시면……."

"욕하는 건 아니라는 거 아십죠?"

"예……."

승우가 웃었다.

"그런데 이쪽의 나까마면… 대개는 장물아비들 아닙니까?"

승우가 대화의 끈을 현실로 당겨왔다.

"그래서 이럴 때 유용합죠. 저 친구들 동원하면 웬만한 건 다 알아옵니다요."

"그것도 공생이로군요."

"허헛, 그렇게 되남요?"

공생…….

검경은 동네 주먹 같은 경우 발본색원보다 '관리'하는 경향이 있다. 이유는 이렇다. 그들을 구속하면 동네가 정화되는 게 아니다. 신규 주먹이 발생한다. 새로 생기는 주먹을 파악하는 데는 또 시간이 걸린다. 그럴 바에는 기존 주먹을 관리하는 게 유용하다. 새로운 주먹이 생기는 걸 방지하는 효과가 있는 것이다.

그러나 그 주먹이 용인의 범주를 벗어나면 구속한다.

"검찰청에 오니 어떠세요?"

승우가 운전석 문 앞에서 물었다. 어느새 석 반장이 합류한 지도 꽤 되었다. 하지만 워낙 난이도가 높은 일들을 마주하다 보니 단출하게 소주 한잔 기울일 시간이 없었다.

"재미납지요. 이래서 사람은 큰물에서 놀아야 하는 건가 봅니다요."

석 반장은 덤덤하게 웃었다.

"다행이군요. 돌아가겠다는 말은 하지 않아서……."

"뭐 마음에 안 들어서 쫓아내면 언제든 돌아가지요."

"그런 소리 마시고 앞으로도 많이 도와주세요. 어쩌면 진짜… 빡센 일과 마주칠지도 모릅니다."

"미제 사건 전담 말입죠?"

"뭐 그게 아니더라도……."

승우는 하늘을 보았다.

그게 아니더라도…….

그 말에는 많은 여운이 딸려 있었다.

승우에게 허락된 접신. 태을신장의 신차, 그리고 주검의 세계를 볼 수 있는 영력……. 모르면 모를까 범죄나 주검을 느낄 수 있는 바에야 전처럼 탱자탱자 권력의 젖을 누릴 여유는 없을 것 같았다.

더구나 민민, 그 아이에게 부끄럽지 않기 위해서!

승우는 손목에서 얌전한 민민을 바라보고는 석 반장을 향해 말했다.

"어디 가서 오붓하게 빨간 딱지 소주 한잔하실까요?"

"허헛, 검사님이 쏘신다면야……."

석 반장은 기꺼이, 승우의 마음을 받아들였다.

꼴꼴꼴!

술 따르는 소리는 경쾌했다.

꼴꼴꼴!

잘도 넘어갔다.

술이 넘어가면서 관계도 더 매끄럽게 돈독해졌다.

그 옛날 서로 몰랐던 두 사람. 그저 자기 입장만 내세웠던 이기적인 두 사람……

같은 사람이건만 둘은 그때와 달랐다.

챙!

마지막 잔을 건배하며 두 사람은 술자리를 마쳤다. 하늘에는 반달의 반인 칼달이 그믐을 향해 사위어가고 있었다.

"민민!"

집으로 온 승우는 샤워를 마치고 침대에서 민민을 불러냈다.

"밍글라바!"

민민은 파아란 빛으로 솟아올랐다.

"현재필은 천도가 되었을까?"

"아뇨!"

민민은 침대 위를 파랗게 밝히며 고개를 저었다.

"악령으로 남았었기 때문에?"

"네!"

민민이 고개를 끄덕였다.

"시간이 걸린다는 얘기로구나?"

"네."

"그 할머니가 열심히 빌어도 그럴까?"

승우가 물었다.

천도!

그 단어는 승우도 알고 있었다. 엄마도 이따금 천도제를 맡곤 했었다. 그러나 그건 죽은 사람의 혼을 하늘길로 보내는 것이지 악령을 구제하는 일은 아니었다.

승우의 질문에는 몇 가지 의미가 있었다. 그중에서도 가장 중요한 건 민민이었다. 이제 새록새록 정이 들었지만 민민이 잘될 수 있는 길이 있다면 기꺼이 따를 승우였다.

"그래도 쉽지는 않을 거예요. 영혼들의 세계에도 질서가 있거든요. 그러니 악령으로 악을 행한 영령은 다음 세상을 기약하는 데 많은 인내와 희생이 필요하대요."

"예외는 없다니?"

"아저씨, 삼시충 아시죠?"

"양심?"

"네. 마음을 지켜주고 기록하는 귀신 말이에요. 그것처럼 악령들의 행위도 하늘에 기록이 되어요. 언제 어떻게 죄를 사하고 가감할지는 하늘만 아는 거죠."

"억울하게 당한 경우에도?"

"거기까지는 나도 잘 몰라요."

민민이 승우의 코앞까지 날아왔다.

"기약할 수 없어요."

표표의 말이 긴 메아리를 이루며 승우의 뇌리를 스쳐 갔다.

민민의 구제. 내일이 될 수도… 3년이 걸릴 수도… 그보다 더 오래일 수도…….

그래서 그녀, 그 말을 한 모양이었다.

'이제 정이 들었으니 오래 있으면 나야 좋지만…….'

이율배반적인 생각이 든 승우, 괜한 죄책감에 눈을 감아버렸다.

"푹 쉬렴!"

"아저씨도요."

민민의 목소리가 승우의 귓가에 녹아들었다.

밍글라바!

밍글라바!

때로는 자장가도 되는 민민의 인사말이다. 오늘도 그걸 몇 번 외우자 승우는 스륵 잠이 들었다.

밍—글—라—바!

*   *   *

─미얀마 북서부에 홍수가 범람하고 있습니다. 친 주(州)의 민닷 지역과 사가잉 주의 칼리 지역 등이 특히 심한 피해를 입어 국제사회의 도움의 손길이 필요한 실정입니다.

이른 아침, 양치를 할 때 미얀마 소식이 나왔다.

"민민!"

승우는 치약 거품을 문 채 손목을 바라보았다.

"왜요?"

민민이 부스스 몸을 털며 대답했다.

"표표는 괜찮은 거냐? 홍수난 지역 아니야?"

"거기보다는 조금 아래예요."

"그래?"

조금은 마음이 놓였다.

와그르! 우그르르…….

입안을 헹구며 표표를 생각했다.

잘 돌아갔을까? 주인을 잃은 슬픔을 딛고 잘 정착했을까?

정신없는 업무들로 돌아볼 여지도 없었던 표표. 참으로 인상적이었던 미얀마 아가씨. 언제 시간이 나면 한 번 체크해 봐야겠다는 생각이 들었다.

가뜬하게 출근길 엘리베이터에 올랐을 때였다. 어쩐 일인지 아침부터 조기호가 전화를 울려왔다.

"웬일이야?"

승우는 심드렁하게 전화를 받았다.

─소식 들었습니까?

조기호의 목소리는 공중에 떠 있었다.

"또 뭐?"

─양 부장님 말입니다. 어젯밤에 초대형 사고 터졌답니다.

"초대형 사고?"

─아, 소식 못 들으신 모양이네. 여기 한국대학병원인데요 일단 오십시오. 빨리요.

"무슨 일인지 말을 해야지?"

─글쎄 오세요. 양 부장님이 내사자 동향 파악에 나갔다가 중환자실에 실려 갔습니다. 같이 동행한 수사관은 그 자리에서 즉사했고요.

"……?"

─지금 지검이 난리도 아닙니다. 빨리요.

조기호의 전화가 끊겼다.

'수사관이 즉사?'

이 친구가 아직도 술이 덜 깼나 싶을 때 전화가 쏟아져 들어오기 시작했다.

─검사님, 밤사이에 비상사태가 터진 모양입니다. 한국대학병원으로 좀 오시죠.

첫 통화는 유 계장이었다. 이어 차도형이, 권오길이 몇 분 사이를 두고 전화를 걸어왔다.

사망자는 김해관 수사관.

양 부장은 중태…….

'이건 또 웬 날벼락?'

서둘러 시동을 건 승우는 바로 도로에 올라섰다.

지검이 병원으로 옮겨온 꼴이었다.

웬만한 부장검사와 검사들은 거기 다 있었다. 수사관들은 기자들 막느라 바빠 보였다.

현직 부장검사에 대한 테러!

사안이 이렇다면 엄청난 파장이 있을 수밖에 없었다.

검사!

보통 사람이 아니다. 설령 막가는 범죄자나 조폭이라도 해도 검사는 건드리지 않는다. 그로 인해 자신들이 받게 될 고통이 얼마나 클지 잘 알고 있기 때문이었다.

그런데, 내사자 파악에 나선 검찰 수사관이 즉사하고 부장 검사가 중태라면?

"송 검사님!"

복도에서 철통 경계를 지휘하던 유 계장이 승우를 보고 손을 흔들었다.

"어떻게 된 겁니까?"

인(人)의 차단막 안으로 들어선 승우가 물었다.

"그게… 얘기가 간단하지 않은 모양입니다."

유 계장은 계단참으로 자리를 옮겨 설명을 이었다.

"이게 첫 희생자가 아니라는데요?"

유 계장은 잔뜩 긴장되어 있었다.

"그건 또 무슨 소리죠?"

뉘앙스가 좋지 않은 유 계장, 승우의 눈도 좁혀지기 시작했다.

"유경찬이라고 삼국기업 회장이 있는데, 이 양반이 비자금 조성과 뇌물공여, 횡령 혐의 등으로 내사를 받고 있었답니다. 그걸 안 이 양반이 서류를 빼돌리고 동남아 진출을 꾀한다는 핑계로 해외에 장기체류를 하며 소환에 응하지 않았는데 며칠 전에 비밀리에 입국했다는 첩보가 들어왔답니다."

"그래서요?"

"입국한 후에도 가족이나 회사 관계자들을 일절 만나지 않고 있어 해당 경찰서에서 동태 파악을 위해 형사가 따라붙었는데… 그 형사가 투입된 첫날인 그제 저녁에 사망하는 사고가 발생했습니다."

"왜요?"

"그게… 잠복 중에 쇼크로……."

"쇼크요?"

"원래 고혈압이 있었다는군요. 그 소식을 들은 양 부장님이 마침 보고된 내사자 거처가 지검에서 가까운 빌딩이라 확인차 김 수사관을 동행하고 갔다가……."

"김 수사관은 즉사라면서요? 유경찬이 흉기라도 휘두른 겁니까?"

"사고 직후에 경찰이 체포하긴 했는데 아직 자세한 경위는 안 나온 모양입니다. 감식반 친구들 말을 들으니 흉기는 아니고 둘 다 쇼크에 의한 것 같답니다."

"여기도 쇼크사요?"

"아무튼 숨이 붙어 있는 양 부장님도 의식이 없는 상태라서……."

"사업가가 운동선수 출신이라도 되는 겁니까?"

"아닙니다. 사진을 봤는데 왜소한 체격이더군요."

"그런데 어떻게?"

"아무튼 미얀마에서 입국을 했다는 출입국관리소 통보에 따라 그쪽에서 혹시 치명적 독극물이나 약품 같은 걸 지니고 왔는지 알아보고 있다고 합니다."

"어디라고 했죠?"

"미얀마……."

미얀마?

왜 하필 미얀마인지 느낌이 좋지 않았다.

승우는 서둘러 양 부장의 병실로 향했다. 그 앞에는 검사들이 장사진을 이루고 있었다.

"송 선배님!"

조기호가 알은체를 해왔지만 그냥 지나쳤다. 안으로 들어서니 간부들의 벽이 보였다. 승우는 차장과 부장들에게 꾸벅 인사를 하고 양 부장 곁으로 다가갔다.

양 부장은 유 계장 말처럼 의식이 없었다. 온갖 의료기기들이 주렁주렁 달린 걸 보니 상황이 중차대함도 알 수 있었다.

그런데 양 부장을 바라보던 승우의 머리카락이 돌연 쭈뼛 솟구쳐 올랐다.

영기…….

'이건?'

갈래가 복잡한 사나운 영기였다. 놀란 승우는 주춤 물러섰다가 다시 다가섰다.

김 수사관이 죽었다. 그래서 그럴까? 마음을 가다듬고 차분히 영력을 올렸다.

아니었다.

양 부장에게 남은 영기는 김 수사관만의 것이 아니었다.

'맙소사!'

집중하던 승우는 머리를 저었다. 실체는 없이 흔적만 남았음에도 살갗을 베어낼 듯 난폭한 영기…….

대체… 대체 이 가공할 영기의 정체는 무엇?

＊　　　＊　　　＊

양 부장이 받은 쇼크는 심각했다.

맥박이 멋대로 떨어지고 혈압은 꺾인 상태, 거기에 창백한
피부와 사지에 깃든 체온 하강이 위기를 초래하고 있었다.

"다행히 목숨은 건졌지만 갑자기 악화될 수도 있기 때문에
절대 안정이 필요합니다. 현재 최대한 조치를 취했지만 경과가
썩 좋은 편은 아닙니다."

의료진의 설명을 들은 간부들은 지켜보는 수밖에 없었다.

그 말을 들으면서 승우, 문득 자기 손목을 바라보았다.

그런데… 민민이 보이지 않았다.

'민민!'

승우는 놀란 가슴을 달래며 주변을 돌아보았다. 아무 데도
보이지 않았다. 슬쩍 물건을 떨어뜨리고 줍는 척하며 침대 밑
을 봐도 마찬가지였다.

급히 영력을 모아 탐색하자 그제야 민민의 영기가 느껴졌
다. 민민의 위치는 복도였다.

왜?

뭔가 이상한 생각이 든 승우, 민민이 이상하다는 걸 깨달았다.

떨고 있었다.

민민은 미친 듯이 떨고 있었다.

승우는 간부들을 따라 복도로 나왔다. 이어 민민의 영기 가까이 다가가 손목을 내밀었다. 민민은 까무러치게 놀란 아이가 엄마 품을 파고들 듯 승우의 손목으로 들어왔다.

'민민……'

걱정이 앞설 때 오 부장이 다가왔다.

"송 검사."

"부장님……"

"이것 참… 또 괴이한 사건이 터졌어. 양 부장 말이야……"

오 부장이 한숨을 쏟아냈다.

"그러게 말입니다."

"김 수사관은 쇼크사, 양 부장도 쇼크로 중태. 게다가 첫 희생자인 형사도 쇼크사……"

"형사도요?"

놀란 승우가 고개를 들었다.

"부검 결과가 그렇게 나왔다는군. 이거 뭐가 어떻게 되는 건지……"

"유경찬은 체포되었다면서요?"

"그게… 방면되었다더군."

"예? 방면요?"

"CCTV 확인이 되었는데 확인 결과 유경찬이 희생자들 가까이 있긴 했지만 손도 닿지 않았다는 거야. 게다가 유경찬도 피로를 호소하는 데다 횡령과 비리도 빼돌린 관련 서류를 발견하지 못해서……."

"그럼 제풀에 쇼크가 일어났다는 건가요?"

"의사들 말로는 가능하다고도 하더군. 어떤 충격을 받거나 놀라거나 하면……."

"건장한 형사와 수사관이 말입니까?"

"글쎄. 그게 꺼림칙하긴 하네만……."

"그럼 양 부장님이 깨어나 봐야 제대로 밝혀질 일이로군요."

"그런 것 같네만… 의사들은 쉽지 않다고 보는 모양이야."

"……?"

그때 또 한 사람이 승우에게 다가왔다. 이번에는 지검장이었다.

"송 검사!"

"아, 예……."

승우는 한 번 더 묵례를 올렸다.

"어때?"

지검장은 다짜고짜 질문을 날렸다.

"뭐가 말입니까?"

"지검장으로서 할 소리는 아니지만 이거 귀신 붙은 사건 같잖나? 무속 전문에 영적 살인범도 잡아내는 자네 측은 어떤가 묻는 걸세."

"……."

"뭐 짚이는 거 없나?"

"저도 갑작스러운 일이라……."

"하긴 우연일 수도 있겠지. 수백만 분의 일이라는 로또 당첨자도 유독 많이 나오는 우리나라니……."

"……."

"가세. 경찰서장이 담당과장과 함께 지검을 방문한다니 유경찬 조사 경위나 들어보자고."

지검장이 먼저 돌아섰다. 오 부장은 그 뒤를 이었다.

"난해한데……."

간부들이 몰려가자 몇 안 남은 검사들 중에서 김혁이 중얼거렸다.

"쇼크사라?"

승우가 화답했다.

"한 사람은 주차장에서, 또 한 사람은 통로에서 쇼크. 그나마 양 부장님은 목숨은 건졌다지만……."

"나한테 할 말 있지?"

"맞아요. 송 검사님 뭐 짚이는 거 없어요?"

옆에 있던 마상희가 끼어들었다.

"마 검사가 병실 문 보초 좀 서줄 거야?"

"짚이는 게 있군요?"

마상희가 고개를 들이밀었다.

"그게 아니고 양 부장님 좀 보려고. 아까는 높은 분들이 하도 많아서 얼굴도 제대로 못 봤거든."

"의식이 없다던데 보면 뭐하겠어요? 마음만 아프지······."

"아무튼 잠깐 좀 뵙고 올게."

승우는 오른손으로 병실 손잡이를 움켜쥐었다.

순간!

파르르······.

다시 민민이 떠는 게 느껴졌다. 겁에 질린 민민은 결국 또 손목을 떠나 문 뒤에 숨고 말았다.

'대체 뭐야?'

뭔데 민민이······.

내친 김에 문을 열었다. 뭐가 됐든 확인이 필요한 일이었다.

"······!"

확실히 따가웠다. 양 부장에게 배인 난폭한 영기의 흔적··· 그리고 보였다. 가슴과 머리 부분에 엉겨 붙은 사음한 영기의 찌꺼기…….

'악령의 짓인가? 후웁!'

승우는 신장의 신력을 빌어 영기를 제압했다. 후끈 힘을 주
자 영기의 잔재들이 흩어지기 시작했다. 그 한 줄기까지 흩어
지고서야 따가운 느낌이 사라졌다. 승우, 천천히 신방울을 꺼
내 보았다. 별다른 변화가 없었다. 사음한 영기는 제대로 제거
된 모양이었다.

"으음……."

정신이 없던 양 부장의 입에서 가는 신음이 새어 나왔다.

반가운 조짐은 또 있었다. 겁에 질려 있던 민민이 모습을
드러낸 것이다.

"민민!"

"아저씨……."

"방금 그 사음한 영기 때문이지?"

"예……."

"영기의 흔적 같았는데 남은 게 있는지 한 번 더 확인해 줄
래? 그 영기의 임자가 여기 어디 있는 건지, 아니면 그냥 흔적
만 묻어온 건지. 방울도 조용하긴 한데……."

승우는 방울을 들여다보았다.

"흔적이었던 것 같아요."

양 부장의 몸 위를 맴돌던 민민이 대답했다.

"고작 흔적인데 그렇게 음산하단 말이야?"

"그게……."

민민은 하르르 떨며 몸을 움츠렸다.

"너야말로 짚이는 게 있구나?"

"정확치 않아서요."

"괜찮으니까 말해보렴."

"그게… 그냥 느낌인데……."

"……."

"미얀마 악마의 냄새가 났어요."

"……!"

민민을 바라보던 승우의 눈이 확 벌어졌다.

미얀마 악마?

"확실치는 않아요. 다만 할아버지에게 아이라비타와 발루의 힘을 익힐 때… 이 코끼리들에 대적할 만한 악마가 있다는 말을 들었거든요. 그리고 아까 그 영기의 체취가……."

"그게 바로 이 체취다?"

"조금은요. 하지만 제 착각일 것 같아요. 미얀마 악마가 왜 여기 있겠어요?"

"그건 나도 모르지만 가능성은 있어. 이들이 만났던 사람이 미얀마에서 입국했다니까……."

"……."

민민은 입을 다물었다. 갖다 붙이니 말이 되기는 했지만 그 건 승우도 확신할 수 없는 일이었다.

"으음……."

그사이에 양 부장이 손을 허공을 휘저었다. 악몽을 꾸는 모양이었다.

"부장님!"

승우가 다가가 손을 잡았다. 그러자 양 부장, 활처럼 등을 튕기며 벌떡 상체를 세웠다.

"악마!"

그가 뱉은 말은 딱 한마디였다.

벌벌 떠는 양 부장을 부축해 침대에 누였다. 승우는 서두르 지 않았다.

쇼크. 그건 의학적인 용어였다.

하지만 만일 양 부장의 쇼크가 생리학적인 것에서 유래한 게 아니라 악마에 의한 것이라면 강력한 영기에 의한 것인 게 분명했다.

그 증거가 바로 가슴과 머리에 남은 난폭한 영기의 흔적들 이었다. 그걸 걷어내니 정신이 돌아온 양 부장. 그렇다면 이제 목숨을 위협당하는 위기는 넘긴 것으로 봐도 좋았다.

"송 검사?"

승우의 예측은 맞았다. 오래지 않아 양 부장의 시선이 승우에게 꽂혀왔다.

"정신을 차리셨군요?"

"여긴?"

양 부장이 허공을 두리번거렸다.

"병원입니다."

"그럼… 김 수사관은?"

그래도 양 부장, 부하 직원부터 챙겼다.

"……"

"죽었나?"

"그보다 어떻게 된 일인지 좀 말씀해 주시겠습니까?"

승우는 혹시 몰라 핸드폰의 녹음 기능을 작동시켰다.

"나도 모르겠네. 뭐가 뭔지……."

양 부장, 그 순간을 더듬는 것만으로도 동공이 갈피를 잃고 있었다. 공포가 아직도 몸에 남았다는 반증이었다.

"마음을 편히 하십시오. 이제는 괜찮을 겁니다."

승우는 양 부장을 안심시켰다.

"유경찬… 형사가 잠복 중에 사고사를 당했다기에 들렀지. 내가 내사하는 건인 데다 일이 커지는 것 같아서 경찰에 가든 검찰에 오든 순순히 출두해서 조사를 받으라고 할 참이었는데… 그런데……."

"……?"

"그자가 차에서 내리는 걸 보고 다가서는데 눈이 마주치는 순간, 머릿속에 악마가 들어왔네.. 그건… 정말 지옥이었어."

"좀 자세히 말씀해 주시겠습니까?"

"지옥이라니까……! 내 머리와 심장, 혈관과 장기들이 잘게 잘게 난도질… 산산조각이 나는 거야. 내 눈앞에서 탁탁탁… 소리도 없이 탁탁……."

양 부장의 손은 난도질을 하듯 허공을 치고 있었다.

"내 앞에 선 김 수사관은 소리도 없이 넘어갔어. 그때 그 표정… 산 자가 죽은 자로 바뀌는 그 표정이란… 윽!"

양 부장, 거기까지 말하고는 가슴을 쥐어뜯기 시작했다. 승우는 벽에 달린 간호사 호출 벨을 눌렀다. 잠시 후에 의사와 간호사가 달려왔다.

"방금 의식이 돌아오긴 했는데 충격이 도진 모양입니다."

승우의 말을 들은 의료진은 응급조치를 취했다. 떨리는 손은 승우가 잡고 있었다. 진정제와 함께 특단의 조치가 취해지자 양 부장은 다시 얌전해졌다.

"한잠 푹 자게 될 겁니다. 그나마 의식이 돌아왔으니 고무적이군요."

조치를 끝낸 의사가 땀을 닦으며 말했다.

"우와, 송 선배님 짱!"

소란 틈에 들어온 마상희가 엄지를 세워 보였다. 의식이 없던 양 부장, 승우가 독대한 후에 정신을 차렸으니 승우의 공으로 생각한 것이다.

승우 눈에는 엄지 따위는 들어오지 않았다.

"눈이 마주치는 순간 머릿속에 악마가 들어왔네."

승우의 마음에는 그 말뿐이었다.

착각은 아니었다.

한 사람도 아니고 두 사람이 같이 당한 일…….

게다가 한 사람은 목숨을 잃은 일이 아닌가?

'그렇다면?'

승우는 바로 병실을 나왔다.

확인이 필요했다.

김 수사관과 사망한 또 다른 형사 역시 악마의 짓인지, 아니면 우연한 사망인지…….

시동을 거는 승우의 가슴이 미친 듯이 뛰기 시작했다.

그나마 두 사체는 한 장소에 있었다.

하지만 보관칸을 열기도 전에 결과가 나왔다. 민민이 다시 몸을 숨긴 것이다.

'젠장!'

거듭되는 우연은 없다.

우연이 거듭된다면, 그게 바로 필연이었다.

드르륵!

첫 번째 사체가 나왔다. 먼저 죽은 형사의 사체였다. 그는 이미 부검이 끝난 후였다.

'후읍!'

그래도 최선을 다해보는 승우.

"……!"

있었다. 차가운 주검 위에 아직도 씨줄과 날줄처럼 엉겨 있는 난폭한 영기……. 이미 혈색을 잃어 푸르스름한 시신 위에서 못된 영기가 날쩡거리고 있었다.

'이건 대체……'

영력을 끌어올려 영기를 밀어냈다. 어차피 증거가 되지는 못할 것들. 다른 사람은 볼 수도 느낄 수도 없을 것들… 그렇기에 망자의 고단함이라도 덜어주려는 생각이었다.

드륵!

두 번째 사체 칸이 열렸다.

"막 검안이 끝나고 돌아온 지 10분도 되지 않았습니다."

흰 장갑에 마스크를 쓴 직원은 묵례로 경건함을 표했다.

검시…….

대한민국에서 검시의 주체는 넷이다 검사와 경찰관, 의사와 판사가 그들이다. 그런데 이들은 모두 본연의 업무가 있다. 따라서 검시는 부수적인 일에 속했다.

대부분의 검시는 검사를 대신해 경찰관이 집행하고 있다. 검시를 위해서는 의사의 검안이 필수적. 다만 변사체의 경우에는 국가의 허락을 얻어 부검하도록 규정하고 있으며 이 결정은 판사가 내리고 있었다.

'후우!'

한숨과 함께 고개를 가로젓는 승우.

죽은 지 얼마 되지 않은 김 수사관의 사체에는 영기가 제법 진하게 남아 있었다.

'부디 좋은 곳으로……'

산 자의 기원과 함께 죽은 자의 몸에 감긴 짐을 덜어냈다.

그 순간!

승우는 보았다. 김 수사관의 눈꺼풀이 파르르 움직이는 걸.

"……?"

놀란 승우가 사체를 바라보았다.

"왜 그러시죠?"

직원이 물었다.

"눈… 눈을 보세요. 움직이는 것 같지 않나요?"

"예?"

그렇잖아도 썰렁한 공간, 죽은 사람이 살아날 리 없으니 직원은 인상만 찡그릴 뿐이었다.

'잘못 봤나?'

고개를 갸웃거리며 눈 쪽으로 다가서는 순간, 뒤쪽에 서 있던 보관실 직원이 자지러지는 비명을 질러댔다.

"으아아악! 으아악!"

직원은 비명을 지른 입을 막고 벌벌 떨고 있었다. 승우는 그 시선을 따라 눈길을 움직였다.

"오 마이 갓!"

승우 역시 신음이 새어 나왔다.

움직였다.

김해관 수사관. 그의 눈거풀이 떨리고 있었다.

'사후 일부 강직?'

…인가 싶었지만 그건 아니었다. 뒤를 이어 그의 손가락이 현저히 꿈틀거린 것이다.

"……?"

승우는 서둘러 그의 가슴에 귀를 가져 갔다.

쿠우우…….

심장의 저편… 깊고도 깊은 그 심연! 그 심연에서 아련한 박동이 건너왔다. 그리고…….

"아아악!"

또 한 번의 비명과 함께 직원이 주저앉았다. 그런데 정작 가슴이 철렁한 건 승우였다. 사체의 손이 심박동을 확인하려는 승우의 등으로 올라온 것이 아닌가?

"우워어어!"

직원은 거품을 뿜으며 네 다리로 기었다.

그 사이에 김 수사관의 눈꺼풀이 열렸다. 눈은 오직 흰색이었다.

"김 수사관……!"

승우가 소리쳤다. 그러자 김해관이 눈을 감았다 떴다. 이번에는 검은자가 다소 끼어 있었다.

그리고…….

"으……."

가는 신음이 이어졌다.

'혹시?'

승우는 서둘러 신방울을 꺼냈다. 그걸 김해관의 얼굴에 대었다. 방울은 소리도, 변화도 없었다. 영기의 개입이 아니라는 뜻. 그렇다면?

"이봐, 의사 불러요. 의사!"

승우는 목이 터져라 소리쳤다. 영기의 개입이 아니라면 더 생각할 게 없었다. 김해관이 저승의 문턱에서 기사회생한 것이다.

탁탁탁!

들것은 미친 듯이 속도를 냈다. 그 옆에 함께 달리는 의료진들은 더없이 비장했다. 승우 역시 거기 한 자리를 차지하고 있었다. 응급실로 옮겨진 박해관에게 유수한 의사들이 따라붙었다. 박해관이 살아난 것이다.

"송 검사!"

오 부장과 몇몇 검사들이 속속 도착했다.

"김 수사관이 살아났다고?"

오 부장이 대기 중인 승우를 향해 물었다.

"예. 호흡과 맥박이 서서히 돌아오고 있답니다."

"맙소사……! 분명 사망 진단을 받았었는데……."

"대체 어떻게 된 건가?"

이번에는 하 부장이 물었다.

"너무 믿기지 않아 제가 한 번 살펴보는 과정에 기적적으로 깨어났습니다."

"기적?"

"편히 쉬라고 사체의 가슴을 토닥거려 주다가 미세한 움직임을 보고……."

승우는 이유를 만들어냈다. 다행히 검사들은 과정에는 큰 관심이 없었다. 오직 박 수사관이 살아났다는 게 중요할 따름이었다.

잠시 후에 진료부장이 다가왔다.

"어떻게 됐습니까?"

오 부장이 먼저 물었다.

"이것 참……! 저희도 이런 케이스는 처음이라……."

진료부장 역시 당혹감을 감추지 못했다.

"진짜 살아난 겁니까?"

"현재로서는… 확실합니다. 몸도 서서히 정상으로 돌아오고 있습니다."

"……."

"아마 심각한 쇼크로 심장이 정지 상태로 있었던 것 같습니다. 그리고… 불가사의한 이유로 때 늦게 다시 심장이 뛰기 시작했고. 이거 그사이에 부검이라도 했더라면……."

진료부장은 절레절레 고개를 저었다.

의료진이 물러서자 검사들이 환자에게 다가섰다. 이제는 사체가 아니라 '환자'였다.

"살아난 게 확실하군요."

하 부장 옆에서 고참 검사 하나가 중얼거렸다. 하 부장은 김 수사관의 손을 잡았다.

"체온이 있어……."

그의 얼굴에도 안도가 번져 갔다. 김 수사관, 한때는 그의 부서에서 일했던 인연 때문이었다.

"송 검사……."

오 부장이 시선은 김 수사관에게 꽂은 채 속삭이듯 말했다.

"예."

"자네가 굉장한 일을 했군. 만약 자네가 아니었으면……."

오 부장은 나지막이 말을 이었다.

"그래서 그냥 부검을 했더라면… 우리는 직원을 잃고 그 직원을 두 번 죽이는……."

두 번의 죽음. 부검을 달리 부르는 말이다.

한국 사회는 유독 부검을 싫어한다. 부검을 두고 사람을 두 번 죽이는 일이라는 말이 성행할 정도다. 그런 의도는 아니지만, 이번에야말로 사람을 두 번 죽일 뻔한 일이었다.

오 부장의 손도 슬쩍 건너와 승우의 등을 두드렸다.

하지만 승우는 계속 기뻐만 하고 있을 수 없었다.

두 사체… 아니, 이제는 한 사체가 되었지만, 거기 분명 포악한 영기가 서려 있었다. 그건 간과할 수 있는 것이 아니었다.

"이 사건을 제가 지원했으면 합니다만!"

승우, 다수의 검사들 앞에서 비장하게, 출사표를 던졌다.

"어떻게든 관여하게 해주십시오!"

"……."

"부장님들!"

아무도 대답하지 않았다. 묵시적 동의, 그것이었다.

"그때… 저는 혼이 나가는 줄 알았습니다."

지검장실로 불려온 사체실 직원은 승우 옆에서 떨었다. 방에는 지검장과 허 차장, 오 부장, 하 부장 등 제1 차장검사 라인의 간부들이 포진했다. 간부들이 모인 이유는 김 수사관의 부활과 함께 사건 배당을 의논하기 위해서였다.

"의사들도 믿지 못하는 기적이라?"

지검장의 눈빛은 무거웠다. 하루 사이에 너무 많은 일이 일어난 것이다.

김해관 수사관!

그는 이미 사망 보도가 나간 시점이었다. 사망이란, 한 개체의 법적 권리 및 의무가 말소되었다는 걸 의미한다. 물론 행정적 처리가 남았긴 했지만 의학적으로는 완전한 사망에 이른 사람. 게다가 그 시간은 오 분, 십 분도 아니었다.

그런데 살아났다. 그것도, 승우가 주검을 애도하려던 사이에…….

"진짜 검사님이 아니었으면……."

직원의 눈이 승우에게 건너왔다. 떨고 있지만 존경의 눈빛이 가득했다.

"송 검사가 나를 살렸군."

지검장도 결국 고개를 끄덕이고 말았다. 수사관이 살아나면서 파장의 크기를 줄일 수 있기 때문이었다.

"송 검사가 이 사건을 지원하겠다고 자청하고 있습니다."

오 부장이 본론을 꺼내놓았다.

"송 검사가?"

지검장의 눈빛이 일어섰다.

"당장 주요 사건이 없다면 지원 정도는 괜찮지 않을까요? 기왕에 김 수사관까지 살려낸 판이니……."

하 부장은 승우를 지지했다.

"허 차장은 어때요?"

지검장이 공을 직속 차장에게 넘겼다.

"하지만 송 검사는 미제 사건을 전담하게 될 사람이 아닌가? 힘을 좀 비축해야지?"

차장이 두 부장을 바라보았다.

"제 생각입니다만……."

그쯤에서 승우가 나섰다.

"이 사건… 자칫하면 복잡하게 전개될 가능성이 있습니다. 천운으로 김해관 수사관이 살아났다지만 그래도 형사와 우리 측 직원들이 당한 건 미스터리입니다. 유일한 용의자 유경찬은 이들에게 손도 대지 않았다는 상황입니다만 피해는 심각하지 않습니까?"

"자네 눈에는 이 사건이 영적 사건으로 비친 모양이군?"

허 차장이 돌직구를 날려 왔다.

"평범하지 않은 사건에 대한 호기심입니다."

"호기심이라?"

"그런 게 있으면 사건에 대해 좀 더 다양하게 접근하게 되더군요. 어떤 사건은… 그런 접근법이 필요하다고 생각합니다."

승우의 논리는 통했다.

이 사건은 물론 명백한 영적 사건이었다. 두말할 필요도 없다. 하지만 과학수사를 표방하는 검찰 조직 안에서 수십 년 관록이 쌓인 사람들에게 영적인 걸 강조할 수는 없었다.

"미제 사건 수사본부를 갖추려면 시간이 조금은 걸리겠지?"

차장이 오 부장을 바라보았다.

"아무래도……."

"그럼 송 검사가 여력이 있는 대로 지원해 봐. 양 부장이 회복하려면 시간이 걸릴 일이니."

허 차장의 수락이 떨어졌다.

*　　　*　　　*

306호실이 바빠지기 시작했다.

수사관들은 승우의 지시에 따라 신속하게 움직였다.

제1 라인―유경찬 신상 조사.

제2 라인—유경찬의 미얀마 행적 조사.

제3 라인—양재열 부장과 김해관 수사관 보호 조치.

제4 라인—유경찬 긴급 소환!

승우에게 업무를 내려 받은 수사관들이 지원 경찰들과 함께 뛰었다. 표면상으로는 수사 지원. 그러나 306호실의 분위기는 비장미까지 감돌았다. 수사에 임하는 승우의 자세 때문이었다.

승우는 8번 조사실에 있었다.

불은 켜지 않았다.

커튼까지 내리니 조사실은 밤과 다르지 않았다. 두 손을 테이블에 올린 승우, 그 손목 위에 민민이 날짱거리고 있었다.

"피에스이디 낫?"

침묵을 깨고 승우의 목소리가 새어 나왔다.

"예……."

"그게 미얀마 파괴의 무신(巫神)이란 말이지?"

"네. 37신위의 낫에 들어가지 못한 낫이에요. 정통 낫꺼도에 반대하는 일부 낫꺼도들이 숭배하는……."

피에스이디 낫!

한국식으로 말하면 흑무당이나 사이비쯤 되는 모양이었다.

"그런 사람들이라면 악마의 영기를 가질 수 있다고 들었어요."

민민은 설명을 하면서도 불안한 표정을 지었다.

"그 영기가 그 영기 같았다?"

"확신은 못 해요. 할아버지가 몇 가지 사음한 영기를 느끼게 해주긴 했는데 실전도 아니고 단련용 맛보기였기 때문에……."

"그럼 그들이 원하는 건 뭐지?"

"그야 물론 영적 강화죠. 낫을 통해 사람을 돕는 게 아니라 오직 자기 욕심을 채우는 악마의 힘을 갖는 것……."

'이강순처럼?'

하마터면 그 말을 할 뻔했다. 스스로도 깜짝 놀란 승우는 얼른 일어나 물을 마시며 딴전을 부렸다.

"피에스이디 낫의 힘을 가진 낫꺼도라면 이런 초능력적인 살인이 가능하다?"

"그럴 거예요. 수백 년 전에는 사악한 피에스이디 낫 하나가 마을 주민 백여 명을 그렇게 몰살시킨 적도 있었다고 들었어요."

'백여 명?'

승우의 머리카락이 쭈뼛 솟구쳤다. 실로 가공스러운 일이었다. 하지만 불가능한 일도 아닌 것 같았다.

접촉도 없었는데 쇼크사로 쓰러진 세 사람. 둘은 즉사하고 한 사람은 중태. 비록 김해관이 때늦게 기사회생을 했지만 공포가 아닐 수 없었다.

'만약 접촉했다면……'

가능한 것은 눈빛! 혹은 강력한 영기!

승우는 긴장이 풀리지 않았다. 만약 그자의 짓이라면, 그 안에 빙의든 환신이든 악령이 들어 있는 거라면 대체 얼마나 엄청난 위력을 가졌기에…….

생각만으로도 손에 땀을 쥐는 순간, 전화벨이 울렸다.

차도형이었다.

─올라갑니다!

통화는 짧았다. 유경찬을 긴급 소환해 온 것이다.

"민민……."

승우는 손 위의 민민을 바라보았다.

"네, 아저씨……."

"어떠니?"

"무서워요……."

민민의 목소리가 떨기 시작했다. 유경찬이 가까워지는 것이다.

"나는 어떠니?"

"……?"

"코리아 낮꺼도 송승우 말이야. 태을신장과 천존신장……. 그래도 상대가 안 될까?"

"잘 모르겠어요."

어린 민민에게 솔직한 대답이 나왔다.

"그럼 우리 둘이라면?"

"……?"

"너하고 나, 둘이라면 뭐든 해낼 수 있지 않을까?"

"……"

"민민, 내 말 잘 들어. 나는 무조건 너를 보호할 거야. 네가 내 손목에서 구원을 받아 천도가 될 때까지……."

"……"

"너를 내 이익에 따라 이용해 먹지 않을 거야. 알았지?"

"네……."

"그럼 마음 단단히 먹어. 이건 별거 아니야. 기껏해야 범죄자일 뿐이라고. 그게 한국 악령이든 미얀마 악령이든."

"……"

"그리고 나는 그런 범죄자를 징벌하는 대한민국 검사고."

대한민국 검사!

그 말에 후끈 힘이 들어갔다.

"알았어요."

"심호흡! 후우……."

후웁!

민민, 다행히 승우의 말에 따라 안정이 되었다. 몇 차례 심호흡을 하고나자 파리한 빛에 생기가 돌았다.

"이제 너 편한 곳에 가 있어. 어디든……."

"그냥 여기 있을래요. 아저씨하고 같이."

민민이 선택한 곳은 승우의 어깨였다. 저번처럼 달아나지 않았다. 마음에 들었다.

저벅!

그사이에 복도를 울리는 발소리가 들려왔다.

'왔다!'

승우는 독수리의 눈으로 문을 주시했다.

딸깍, 문이 열리더니 차도형이 먼저 들어섰다.

"들어가시죠!"

차도형이 복도를 향해 말했다. 그러자 검은 구두코가 문턱을 넘어섰다.

유경찬, 그의 등장이었다.

베일의 사나이.

접촉도 없이 수사관들을 쓰러뜨린 남자.

그를 향한 승우의 눈빛이 섬광처럼 번쩍이기 시작했다.

"……!"

승우는 맥이 탁 풀렸다. 너무 놀라 자리까지 털고 일어섰다.

유경찬. 그는 아무것도 아니었다. 승우가 느낀 계열의 사음한 영기가 살짝 감지되긴 했지만 치명적이지 않았다. 사람을

위해할 정도가 아닌 것이다. 승우는 민민을 바라보았다. 민민
역시 그걸 깨닫고 허공을 맴돌고 있었다.

아닌데요?

여유로운 민민의 비행은 그렇게 말하는 듯했다.

어쨌든 조사가 시작되었다.

"물의를 일으켜 죄송하게 생각합니다."

유경찬은 차분하고 조용했다. 나름 예의도 있었다. 그는 자
신으로부터 비롯된 비극에 고개를 숙였다. 하지만 그것뿐이었
다.

"제가 할 말은 그것뿐입니다."

유감을 표시하지만 관련은 없다. 유경찬의 포지션이었다.
나아가 자신에게 주어진 횡령과 비리 혐의에 대해서도 잘 모
르겠다며 흡사 남의 말을 하는 듯한 인상이었다.

"미얀마에는 왜 가셨습니까?"

승우가 대화를 따고 들어갔다. 진술인의 불성실한 진술만
들을 수는 없는 일이었다.

"그냥 미얀마에 좋은 일감이 있을 것 같아서……."

"찾았습니까?"

"금방 되겠습니까?"

역시 건성이다. 표정만 진지하지 알맹이가 없는 것이다.

그때 권오길이 들어와 서류를 건네고 나갔다. 승우가 보니

미얀마 쪽에서 온 것이었다.

'비자만료로 벌금을 물고 출국!'

밑줄 친 글자가 보였다. 유경찬은 비자가 만료된 후에도 2주일이나 더 미얀마에 머물렀던 것.

미얀마는 한국과 비자협정을 체결한 나라다. 비즈니스 비자가 아니면 보통 28일짜리 단수 비자를 내준다. 즉 한 번 입국에 최대 28일까지 머물 수 있는 것이다.

유경찬은 이걸 어겼다. 이럴 경우 미얀마 이민국에 불법 체류일자만큼 벌금을 내야 한다. 유경찬은 2주일 치 벌금을 내고 한국으로 돌아온 모양이었다.

"미얀마에 관광비자로 들어갔군요?"

"예? 예……."

"비자가 만료된 이유는 뭐죠?"

"그건……."

유경찬은 망설이지 않고 설명을 이어갔다.

"미얀마가 워낙 교통 사정이 좋지 않아서 말이죠. 양곤을 따라 중부로 올라가다 폭우를 만나 발이 묶였습니다. 다리 하나가 끊어지니 오갈 수가 없었죠. 핸드폰도 안 되고 그래서 별수 없이……."

"투자차 가신 분이 그런 정보도 없었습니까?"

"그쪽이 워낙……."

"혹시 낫꺼도 같은 사람을 만났습니까?"

기회를 엿보던 승우가 슬쩍 딴죽을 걸었다.

"낫꺼도요?"

침착하던 유경찬의 목소리가 갈라지는 게 느껴졌다.

그는 어떤 이유로든 낫꺼도를 알고 있는 게 분명했다.

"만났군요?"

"글쎄요… 낫꺼도, 스야도, 몽크……. 그런 건 미얀마에 흔하지 않나요? 워낙 불교 국가다 보니……."

"특별한 이유로 만나지는 않았다?"

"여러 인사를 만났으니 그 안에 있었을 수도……."

"의례적이었다 이거군요?"

"그런데… 그건 왜 묻는 거죠?"

답변을 끝낸 유경찬이 고개를 들었다. 그 시선이 승우와 정면으로 마주쳤다. 유경찬은 머쓱한 표정을 지으며 시선을 돌렸다.

'잘못 짚었나?'

승우는 테이블 아래에서 신방울을 만지고 있었다. 슬쩍 보니 방울은 큰 변화가 없었다. 소리도 나지 않았다. 여기서 승우의 실수가 나왔다. 사실, 이때 방울은 회색으로 변해가고 있었다. 하지만 테이블의 그늘에 가린 탓에 선명치 않았다. 그래서 놓치고 만 것이다.

"협조해 주셔서 감사합니다. 일단 돌아가십시오."

승우는 그렇게 조사를 끝냈다. 혐의는 무조건 부인. 게다가 영기가 희미할 뿐이니 계속 잡고 있을 수도 없었다.

다시 혼자 남았다.

머리가 지근거렸다.

형사—잠복 중에 유경찬을 발견하고 쇼크사!

양 부장 일행—역시 유경찬을 발견하고 쇼크!

승우—두 피해자에게서 난폭한 영기의 흔적 발견!

그러나 유경찬의 영기로는 그런 살상은 불가능!

보기 좋게 헛다리를 짚었다. 기세를 올리다 투 스트라이크를 먹은 꼴이었다.

사무실로 돌아왔다.

"송 검사님!"

뒤를 이어 권오길이 들어섰다.

"왜?"

"유경찬 말입니다. 지금 돌아갔습니다."

"그래?"

"그런데… 좀 이상한 게 있습니다."

"뭐가?"

"가족들이 알고 달려왔는데 데면데면하게 굴면서 혼자 사라졌습니다. 가족들과 말 한마디 제대로 안 나누고요."

"머리가 아프니 그렇겠지."

서류를 뒤지던 유 계장이 말을 받았다.

승우는 책상에 앉았다. 유경찬과 그 가족들의 일까지 신경 쓸 기분은 아니었다.

직원들은 다시 분주해졌다. 그 광경을 바라보던 승우, 가만히 서랍을 열었다. 샴펙나무의 상자가 보였다. 상자를 열자 그 안에 들어 있는 코끼리들이 보였다. 가끔은 코끼리를 이 상자에 넣어 두어야 했다. 핸드폰으로 따지자면 영적 충전이었다.

무심코 하나를 꺼내 들었다. 검은 코끼리의 왕 떼이디였다. 어쩌면 조악해 보이기조차 하는 검은 상자와 코끼리 조각들. 그러나 알고 보면 신물인 상자…….

그걸 만지작거리다 품에 넣은 승우, 자기 손목에 시선이 닿았다.

거기 민민이 있었다.

누가 상상이나 할까?

승우의 손목에 영령 민민이 살고 있는 걸.

그리고 그 영령과 승우가 대화를 하고, 사악한 영기나 악령을 찾아 벌하고 있다는 걸…….

그런데 샴펙나무 상자와 민민이 겹치자 기억이 그날로 옮겨갔다.

박수무당 이강순. 만약 그때 그가 원하는 걸 얻었다면 어떻게 되었을까? 강력한 영력을 얻어 민민, 혹은 이보다 강력한 악령을 제 마음대로 부릴 수 있다면? 나아가 신령스러운 코끼리처럼 어떤 영매를 통해 마음대로 옮겨 다닐 수 있다면?'

옮겨 다녀?

"……!"

머리에 우지끈뚝딱 지진이 일었다.

만약… 만약 유경찬이 강력한 악령의 조종을 받고 있다면?

혹은 그 악령이 민민처럼 몸의 일부에 은신하며 영기의 강약을 콘트롤하는 수준이라면?

'이런 젠장!'

골똘하던 승우가 자리를 박차고 일어섰다.

"검사님!"

업무에 집중하던 나수미가 고개를 들었다. 승우는 돌아보지도 않고 계단으로 뛰었다.

"송 선배님!"

조기호가 희희낙락 인사를 건네 왔지만 그대로 지나쳤다. 한달음에 현관으로 나오니 저만치 주차장으로 걸어가는 유경찬이 보였다. 하늘을 보니 햇빛이 맑았다. 영력을 시험하기에는 좋지 않은 조건이었다. 더구나 대충해서는 안 될 일.

그러나 하늘이 승우를 도왔다. 창창하던 해가 잠시 구름 속으로 사라진 것이다.

'후웁!'

승우는 영력을 최대치로 끌어올렸다. 그리고 온몸이 태을 신장의 그것에 못지않다고 느꼈을 때 강력한 영적 파장을 유경찬의 등에 겨누었다.

우웅!

목표를 향해 날아가기 직전, 탱탱하게 차오른 영적 울림이 승우의 귀에도 느껴졌다.

그런데!

바로 그 순간 유경찬이 승우를 돌아보았다.

"……."

들끓는 영적 파장을 날리려던 승우, 유경찬의 시선이 꽂힌 가슴이 뜨끈해지는 걸 느꼈다.

'윽!'

승우는 가슴을 쥐고 물러섰다. 그사이에 유경찬은 정중함이 넘치고도 남을 정도로 승우를 향해 90도 묵례를 올렸다. 천천히 고개를 드는 그의 얼굴… 그 얼굴은 방금 전 조사실에서 본 표정과 달랐다. 열락과 환희가 고스란히 드러난 표정… 입꼬리까지 살짝 말려 올라간 그는 유유히 정문을 빠져나갔다.

"아저씨……."

가슴을 풀어헤치는 승우의 귀에 민민의 목소리가 들려왔다.

"피에스이디 낫… 그 계열의 낫꺼도예요……."

민민의 목소리, 아까와는 달리 부서질 듯 떨고 있었다.

"파괴의 신을 추종하는 낫꺼도가 왔다고요."

미얀마에서 코리아로…….

민민이 허덕이는 사이, 승우는 웃옷을 벗어던졌다. 연기가 나왔다. 검은 코끼리 주머니가 들어 있던 곳. 그 부분에 닿은 와이셔츠가 누렇게 떠 있었다. 유경찬의 시선이 쏘아본 곳이었다.

"민민……."

겨우 숨을 돌린 승우가 입을 열었다.

"네, 아저씨……."

"우리가 옳았다."

우리가 옳았어…….

정문에 꽂힌 승우의 목소리는 나수미가 다가올 때까지 그치지 않았다.

김해관이 깨어났다.

나수미가 가져온 소식은 그것이었다.

운전은 나수미에게 맡겼다. 승우는 머리를 정리해야 했다.

유경찬, 그가 범인이다.

그 안에 미얀마 악령이 들어 있다. 그리고 그는 분명 발루를 보고 반응했다. 그때 승우의 품에 든 건 검은 코끼리 발루였기 때문이었다.

그러나 다음 액션을 취하지 않고 돌아갔다.

그건 승우도 비슷한 입장이었다. 유경찬이 반응했지만 체포할 수 없었다. 악령… 유경찬 안에 있다. 그러나 어떻게 존재하는지를 모른다.

빙의일 수도 있고 기생일 수도 있었다.

숙주의 몸에 빌붙어 사는 것만이 기생이 아니다. 예를 들어 연가시는 메뚜기나 사마귀 같은 곤충의 몸에 침투했다가 산란기가 되면 숙주의 뇌를 조종해 물에 뛰어들어 자살하도록 만든다. 숙주를 제멋대로 조종하는 것.

하지만 표면적으로는 숙주의 몸으로 대표된다.

악령이 깃든 유경찬… 그 숙주는 몸만을 빌려주었다. 사람을 죽게 했지만 형법상으로는, 단연코 무죄였다.

그렇다면 미얀마 악령이 왜 유경찬의 몸을 빌렸을까? 왜 사람을 죽게 했을까?

현재필이나 젖아기의 엄마처럼 한이 있는 걸까?

특별히 그 형사와 김 수사관, 양 부장에게?

그걸 먼저 알아내는 게 급선무였다.

"송 검사님!"

병실 앞은 석 반장이 우직하게 장악하고 있었다. 그의 지시를 받고 있는 파견 형사들이 함께 묵례를 해왔다.

"깨어났다고요?"

"예, 들어가 보십쇼."

"수고 많았어요. 아, 나 수사관은 그냥 여기……."

승우는 뒤따르는 나수미를 복도에 떼어두었다.

"검사님!"

창밖을 보고 있던 김해관은 바로 승우를 알아보았다.

"괜찮아요?"

승우가 다가섰다.

"저를 구해주셨다고요? 정말 고맙습니다."

김해관은 두 손을 내밀어 승우 손을 잡았다.

"운이 좋은 거지요, 뭐."

"웬걸요. 사체 칸에 들어간 걸 검사님이 가슴을 쓸어서 구했다면서요? 다 들었습니다."

"그거야……."

"아닙니다. 저는 기억합니다. 가슴, 머리… 뭔가가 들어와 동맥을 콱 틀어막은 느낌이었거든요. 그러던 차에 갑자기 두 곳이 뻥 뚫리는 느낌……! 희미하지만 기억하고 있습니다."

"아무튼 천운입니다."

"그렇긴 하지만 양 부장님이……."

같은 층에 누워 있는 양 부장은 아직도 상황이 썩 좋지 않았다. 김해관의 마음이 편할 리 없는 이유였다.

"당시 상황 좀 설명해 줄래요? 쇼크사였다고 하는데, CCTV에는 별다른 문제가 없었거든요."

"하긴 저도 느닷없이 느낀 통증이라……."

"물 마실래요?"

"아뇨. 괜찮습니다."

김해관은 손을 내젖고는 설명을 시작했다.

"그게 참. 사건 수사 형사가 잠복 중에 급사를 했다는 소식을 듣고 마침 양 부장님과 근처에 있었던 터라, 가까우니 현장을 한 번 보고 가자는 생각으로……."

"……."

"그리고 한참 기다리다 유경찬이 나타났는데……. 좀 가까이서 보려고 차에서 내려 다가가다가… 그하고 눈이 마주쳤는데 그대로……."

"눈이요?"

"네, 생각나는 건 그것밖에 없습니다. 그리고는 바로 아작이 난 거니까요."

"혹시 염력이나… 혹은 무슨 가스 같은 걸 뿌린 건 아니고요?"

승우는 김해관의 이해를 돕기 위해 영기와 비슷한 걸 예로 들었다.

"모릅니다. 눈이 마주치는 순간 맛이 갔으니까요. 퍼펙트하게!"

"양 부장님 말은 머릿속에 지옥이 떨어졌다고 하더군요. 머리와 심장이 난도질당하는 듯이……."

"우와, 그거 딱이네요. 바로 그런 느낌이었습니다."

"그것 외에는 그 어떤 이상 징후도 없었다?"

"예."

"으음……."

"그런데……."

김해관은 뭔가 생각이 난 듯 고개를 갸웃거렸다.

"왜 그러시죠?"

"그게… 아무래도 사고가 나려고 그랬던 건지, 뭔가 보이지 않는 힘이 우리를 부른 것 같았습니다. 양 부장님 행동도 그렇고……."

"무슨 뜻이죠?"

"죄송하지만 양 부장님이 그렇잖아요? 내사에 들어간 사건이긴 했지만 그렇게까지 열정 수사를 할 사안은 아닌 것 같았는데……."

"……."

"몰라요. 잘 설명이 안 돼요. 어쨌든 뭔가가 잡아끌었다, 운명이었다, 이 정도? 아무튼 제가 앞에 있었으니까 그렇지 양 부장님이 앞서 계셨더라면 양 부장님이……."

죽었을 것이다.

김해관이 줄인 말은 그것이었다.

보이지 않는 힘이 당겼다.

그 말은 마음에 걸렸다.

대화를 끝내고 양 부장 병실에 들렀다.

"송 검사……."

양 부장은 깨어 있었다. 그나마 처음 발견되었을 때보다는 혈색이 좋아 보였다.

"빨리 퇴원하셔야죠?"

"그래야지. 그나저나 이 사건을 조사하고 있다고?"

"예……."

병실에 누워 있어도 소문은 온다. 하긴 양 부장의 촉은 그쪽 방면으로는 좋은 편에 속했다.

"김 수사관을 만나고 오는 길입니다."

"고맙네!"

양 부장이 말했다. 김해관의 목숨을 살린 일, 양 부장도 전해 들은 모양이었다.

"김 수사관 말이 뭔가가 잡아끈 느낌이었다고……."

"뭔가가 끌었다? 그러고 보니 그런 것 같군. 보이지 않는 힘이 우리를……."

양 부장도 그 느낌을 부정하지 않았다.

"유경찬의 짓이었나?"

"이제 1차 소환 조사를 했습니다만 아직은 드러난 게 없습니다."

"불가사의야. 이건 무슨 영화도 아니고……. 그 친구가 외계에서 온 초능력자도 아닐 테고……."

양 부장은 고개를 저었다.

얻은 것은 하나!

'보이지 않는 힘이 양 부장과 김 수사관을 현장으로 끌었다.'

복도로 나오니 나수미는 사무실과 통화를 하고 있었다. 승우가 양 부장을 만나자 사무실에서 나수미에게 전화를 건 모양이었다.

"검사님은 지금 양 부장님 만나고 계신데, 사무실 들어가서 봐도 되잖아요?"

"뭔데?"

승우가 통화에 끼어들었다.

"아, 나오셨군요. 차 수사관님인데 미얀마 쪽 1차 보고서가 정리되었다고 검사님 뽑아드리라고 해서요."

"지금?"

"그러게요. 이따가 들어가서 보면 안 되냐고 했더니……."

"뽑아서 내 책상에다 올려 놓으라고 해."

"그게 검사님이 아는 이름이 나온 소식이 있다고……."

승우와 나수미의 말이 동시에 쏟아졌다.

"내가 아는 이름?"

"예. 그렇게 들었어요."

"미얀마에 내가 아는 이름이라면 한 사람뿐인데. 표표라고……."

"표표 맞습니다."

"……?"

표표?

표표라고?

『빠라끌리또』 5권에 계속…

초대형 24시 만화방

신간 100%, 샤워실, 흡연실, 수면실(침대석), 커플석, 세탁기 완비

▪ 강북 노원역점 ▪

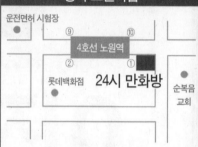

서울 노원구 상계동 340-6 노원역 1번 출구 앞 3층
02) 951-8324 (화용빌딩 3층)

▪ 일산 정발산역점 ▪

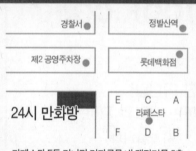

라페스타 E동 건너편 먹자골목 내 객잔건물 5층
031) 914-1957

▪ 일산 화정역점 ▪

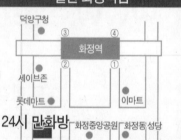

경기도 고양시 덕양구 화정동 984번지 서일빌딩 7층
031) 979-4874 (서일사우나 건물 7층)

▪ 부천 역곡역점 ▪

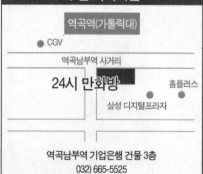

역곡남부역 기업은행 건물 3층
032) 665-5525

▪ 부평역점 ▪

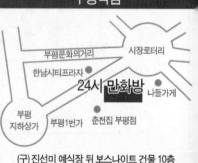

(구) 진선미 예식장 뒤 보스나이트 건물 10층
032) 522-2871

탁목조 장편 소설

천공기

탁목조 작가가 펼쳐 내는 또 하나의 이야기!

『천공기』

최초이자 최강의 천공기사였던 형.
형은 위대한 업적을 이룬 전설이었다.
하지만 음모로 인해 행방불명되는데……

"형이 실종되었다고
내게서 형의 모든 것을 빼앗아 가?"

스물두 살 생일,
행방불명된 형이 보낸 선물, 천공기.
그리고 하나씩 밝혀지는 진실들.

천공기사 진세현이 만들어가는 전설이 시작된다!

Book Publishing CHUNGEORAM

유행이 아닌 자유추구 -
WWW.chungeoram.com

현대 소환술사

THE MODERN SUMMONER

FUSION FANTASTIC STORY
현윤 퓨전 판타지 소설

하늘이 무너져도 솟아날 구멍은 있다!

드래곤의 실험으로 모진 고난을 겪어야 했던 레비로스!
우여곡절 끝에 소환술사가 되어 최강의 자리에 오르지만
운명은 그를 나락으로 떨어뜨린다.

『현대 소환술사』

다시 한 번 주어진 삶!
그러나 그마저도 암울하기 그지없는데……

소환술사 레비로스의
인생 역전이 시작된다!

Book Publishing CHUNGEORAM

十字星 십자성 전왕의 검

허담 新무협 판타지 소설
FANTASTIC ORIENTAL HEROES

신력을 타고났으나 그것은 축복이 아닌 저주였다.

『십자성 - 전왕의 검』

남과 다르기에 계속된 도망자의 삶.
거듭된 도망의 끝은 북방 이민족의 땅이었다.
야만자의 땅에서 적풍은 마침내 검을 드는데……!

"다시는 숨어 살지 않겠다!"

쫓기지 않고 군림하리라!
절대마지 십자성을 거느린
적풍의 압도적인 무림행이 시작된다!

이계진입 리로디드

임경배 퓨전 판타지 소설

FUSION FANTASTIC STORY

『권왕전생』 임경배의 2015년 신작!

『이계진입 리로디드』

**왕의 심장이 불타 사라질 때,
현세의 운명을 초월한 존재가 이 땅에 강림하리라!**

폭군으로부터 이세계를 구한 지구인 소년 성시한.
부와 명예, 아름다운 연인…
해피엔딩으로 이야기는 끝인 줄 알았건만
그 대가는 지구로의 무참한 추방이었다.
그리고 10년 후…….

"내가 돌아왔다! 이 개자식들아"

한 번 세상을 구한 영웅의 이계 '재' 진입 이야기!

Book Publishing CHUNGEORAM

유행이 아닌 자유추구 -
WWW.chungeoram.com

paráclito

빠라끌리또

FUSION FANTASTIC STORY

가프 장편 소설

막장 비리 검사가
최고의 검사로 거듭나기까지!
그에겐 비밀스러운 친구가 있었다.

『빠라끌리또』

운명의 동반자가 된 '빠라끌리또'가 던진 한마디.

−밍글라바(안녕하세요)!

그 한마디는 막장 비리 검사, 송승우의
모든 것을 통째로 리뉴얼시켜 버렸다.

빠라끌리또=Helper, 협력자, 성령.

철백 新무협 판타지 소설

FANTASTIC ORIENTAL HEROES

大武

대무사

피와 비명으로 얼룩진 정마대전의 종결.
그리고…

"오늘부로 혈영대는 해산한다."

혈영대주 이신.
혈영사신(血影死神)이라고 불리는 그가
장장 십오 년 만에 귀향길에 올랐다.

더 이상 전쟁의 영웅도, 사신도 아니다!

무사 중의 무사, 대무사 이신.
전 무림이 그의 행보를 주목한다!

Book Publishing CHUNGEORAM

유행이 아닌 자유추구 -
WWW.chungeoram.com